호모위버멘쉬

호모위버멘쉬

신 호 철 장편소설

문이당

작가의 말

2011년 어느 늦은 밤, 신난 강아지처럼 혼자서 방안을 빙빙 돈 적이 있었다. 배양육을 소재로 한 장편소설을 탈고한 날이었다. 소설만 완성되면 뭔가 이뤄질 것 같은 기대만 잔뜩 품었던 시절이기도 했다. 결국, 출판할 기회를 얻지 못했다.

몇 년 후에 운 좋게 등단하기는 했다. 등단하고서도 소설 발표는 쉽지 않았다. 오히려 자신의 글을 내보이는 것이 참으로 무겁고 두렵게 느껴졌다. 그래서 어설픈 소설을 뜯어고쳐 괜찮은 작품으로 만들겠다는 생각을 했었다. 게으른 자의 계획일 뿐이었다.

소설은 컴퓨터에 고이 저장된 채로 햇수만 늘려나갔다. 십여 년의 나이가 안타까워 최근에야 꺼내본 소설은 이미 낡을 대로 낡아 있었다. 소설에 묘사되었던 질병의 창궐은 실제로 일어난 펜데믹과 유사한 에피소드로 느껴졌고, 10년 후엔 화젯거리가 될 것 같았던 조직배양 기술은 여전히 가능성만 품고 있을 뿐이었다.

그렇게 펜데믹 시대를 거쳐 AI 시대를 맞이했다. 기발하고 미래지향적인 이야기가 쏟아져 나오는 시대이기도 하다. 그럼에도 불구하고 이 소설을 출간하기로 마음먹었다. 새롭지도 충격적이지도 않지만, 인간에 대한 호기심은 아직 유효할 것으로 생각했기 때문이다.

이 호기심에 니체의 사상은 많은 영감을 주었다. 물론, 니체가 표현한 세상과 인간들, 그리고 그 관찰의 방식을 멋대로 해석한 것일 수도 있다. 하지만 저자는 그 자체가 즐겁고 흥미로웠다.

인간은 늘 필연을 추구하면서 우연을 기대했고, 근원을 아는 욕망에도 기꺼이 굴복했었다. 희생을 감수하면서도 이기적이었고, 현명하면서 모순덩어리였다. 한마디로 어떤 단어로도 명확히 규정할 수 없는 존재가 인간이었다. 그렇기에 인간에 관한 이야기는 나 자신의 색깔을 혼자 규정해야 하는 일처럼 재미없고 공허할지 모른다.

하지만, 마냥 혼란스러운 존재라 단정하기에 인간은 너무 특별하다. 수만 수천 년의 역사와 더불어 창조해낸 수많은 문명과 문화가 그렇다. 태초부터 공평하게 가지고 출발했던 모든 생물체의 가능성을 월등하게 성취해 냈기에 얻은 특별함일 수도 있다.

『호모 위버멘쉬』는 인간이 성취한 무수한 가능성 일부를 끄집어낸 이야기다. 인간이 장차 어떻게 변모할지, 변한다면 그것을 과연 진화라고 할 수 있을지, 진화의 방향은 오직 번성으로만 향하는 건지, 그게 아니라면 어떤 최종적 목적을 가졌는지에 관한 호기심이기도 하다.

때때로 인간 본질에 대한 호기심이 사치스럽게 느껴지기도 한다. 자신이 인간임을 자각할 수도 없을 만치 분주한 삶 탓이기도 하다. 그렇다면 가끔 자신이 진짜 인간인지 의심해보는 여유를 부려보는 건 어떨까 싶다.

그러기 위해선 인간이 무엇인지 고민해볼 테고, 그렇다면 지금의 욕망이 내가 아닌 내 안의 다른 존재의 짓일지 의심해볼 수도 있을 테니 말이다.

정신없이 바쁜 삶일수록 가끔은 이런 엉뚱한 여유를 누려봐도 되지 않겠나 싶다. 때마침, 가을이다.

2023년 10월

신 호 철

차례

에덴스피어

카운트다운이 시작되었다. 연단 양쪽에 세워진 대형 스피커에서 사회자 목소리가 쩌렁쩌렁 울린다. 칠, 육, 오…… 사회자는 함성을 부추기고, 동원된 직원의 손짓에 맞춰 사람들 박수도 터져 나온다. 우재도 열렬히 손뼉을 쳤다. 박수 소리가 서서히 잦아드는데도 은회색 문은 꿈쩍도 않는다.

사회자가 대원들의 건강검진결과표 발급이 지연되었다며 변명해준다. 말끝에 농담도 덧붙였다. 일 년 동안 단 한 번도 열린 적이 없으니 문짝이 들러붙었을 겁니다. 우재는 하하 소리 내어 웃었다. 웃으면서 둘러보니 웃고 있는 사람이 별로 없다. 우재는 더 크게 웃음소리를 냈다.

관리직원이 다급하게 무전을 주고받은 후에야 출입구 상단의 점멸등이 깜빡였다. 깜박이던 붉은빛이 파란색으로 바뀌자 드디어 육중한 금속 문이 움직인다. 덜컹거리기는커녕 마찰음 하나 없다.

당당하게 등장하는 대원들 모두 오렌지색 방호복 차림이다. 박수가 터져 나오고 포토라인에 대기하고 있던 기자들이 어지럽게 플래시를 터뜨린다.

"저기 있네. 가운데 네 번째."

느긋하게 손뼉을 치던 창희가 둥글게 만 팸플릿으로 한쪽을 가리켰다. 우재가 벌떡 일어나 목을 늘였다. 대원중에 유일한 여자가 연단 쪽으로 걸어 나온다. 남자 대원 사이에 끼어 있으니 더 작아 보인다. 왜 저렇게 고개를 숙였지? 다른 사람은 손도 흔들어가며 환히 웃는데. 우재는 걱정된다는 표정으로 창희 쪽으로 고개를 돌렸다.

창희는 옆 사람에게 악수를 청하고 있다. 내빈으로 온 시의원 쯤 되는 사람일까. 아니면 듣도 보도 못한 무슨 환경단체의 간부인가. 몰라뵈어 죄송하다는 표정으로 창희는 자기 이름을 뚝뚝 끊어 소개하며 맞잡은 손을 흔든다. 우재는 공손하게 구부린 창희 어깨를 쳐다보다가 다시 연단으로 고개를 돌렸다.

바이에덴사 사장이 대원들과 차례대로 악수를 나눈다. 한 사람 한 사람 손을 잡는 어깨에 잔뜩 힘이 들어가 있다. 진행요원은 악수를 끝내고 어정쩡하게 서 있는 대원들을 가지런히 세웠다. 그 사이를 비집고 선 사장이 마치 교장 선생님처럼 양쪽 대원 어깨에 손을 올렸다.

"여기 여덟 명의 개척자가 있습니다. 이분들은 일 년 전, 이 시간에, 저 문을 통해 고립된 생태계로 걸어 들어갔습니다. 절대 쉬운 길은 아니었습니다. 오직 우리 바이에덴사가 가진 과학기술을 활용해 이 시대에 산적한 문제점을 해결하겠다는 사명감으로 디딘 발걸음이었습니다. 그리고 오늘 다시 건강한 모습으로 걸어 나왔습니다. 우리 인류의 미래를 끝내 증명해낸 것입니다. 오늘 이 자리를 함께한 여러 귀빈께서도 우리의 밝은 미래를 두 눈으로 확인하시게 될 것입니다."

사장이 손을 들어 우리의 밝은 미래라고 일컬은 건축물을 가리켰다. 사람들 시선도 번쩍이는 유리 돔에 닿는다. 동시에 무대 뒤의 대형 스크린에는 에덴스피어 홍보영상이 화려한 내레이션과 함께 펼쳐졌다.

에덴스피어는 앵무조개를 본떠서 황금비율로 건축되었다고 했다. 하지만 언뜻 보기에는 언밸런스한 느낌이다. 한눈에 다 들어오지 않을 만큼 커서 그럴지도 모른다. 내부면적만 16만 제곱미터가 넘는다고 했으니 그럴 만도 했다.

엄청난 면적이었던 만치 논란도 많았다. 바이에덴사 측에서는 완벽하게 독립된 별도의 생태계가 될 것이라 주장했지만, 현실성 없는 계획으로 보는 이들이 더 많았다. 설사, 그들 주장대로 기술적으로 가능한 시스템이라 하더라도, 천문학적 비용이 투자된 프로젝트가 순수 실험용으로 건설됐으리라 믿는 사람은 없었다. 게다가, 바이에덴사의 기업 이미지는 인류 미래에 대한 공헌과는 거리가 멀었다.

우재는 고개를 돌려 행사장을 둘러봤다. 내빈용 의자에 앉은 사람을 제외하고도 멀찍이 서서 구경하는 사람들만 족히 수백 명은 넘어 보인다. 대부분이 행사 중간에 등장할 아이돌 가수를 구경하러 왔을 것이다. 오늘은 초대받은 사람만 에덴스피어 내부를 관람할 수 있다. 대원 가족이나 관계자가 아닌 일반인은 내일부터 관람이 가능하지만, 예약이 많아 한 달 이상을 기다려야 할지도 모른다.

에덴스피어 내부 시설은 일반인에게 공개된 적이 한 번도 없었다. 물론, 보여주고 싶은 것은 노골적으로 보여 줬다. 참가자 공개 모집부터 시작해서 배양육을 요리해서 먹는 장면이나, 축소판 생태계에서 자급자족하는 일상을 특집방송으로 제작해 공중파로 흘려보냈었다.

에덴스피어 안에서 일 년간 자급자족하는 실험 자체가 바이에덴사의 배양육을 홍보하기 위한 것임은 대부분 아는 사실이다. 그럼에도 내부 시설에 대해선 모두가 궁금해했다. 정말, 이 공간만으로 완벽한 생태계를 유지할 수 있는지, 그리고 말로만 듣던 생체플랜트가 정말 가동되고 있는지 확인하고 싶어 했다. 물론 첨단 과학기술이 적용된 엄청난 시설임은 분명했다. 기술지원으로 몇 번 들락거렸던 우재도 대단한 시설이라고 감탄했을 정도였다.

오늘 행사가 끝나면 수백의 초청 인사들이 관람할 것이다. 종횡무진 누비며 셔터를 눌러댈 기자들까지 생각하면 오늘 채신이 얼마나 시달릴지 상상이 된다.

우재는 다시 연단을 올려봤다. 짤막한 홍보영상이 끝나자마자 한 대원이 참가자를 대표해서 마이크를 잡고 있다. 실험을 끝낸 소감과 그동안 겪었던 해프닝을 소개하며 간간이 웃음까지 터뜨린다.

"저 자식, 알지?"

행사 내내 무관심하던 창희가 우재 옆구리를 툭 친다. 우재도 심드렁하게 고개를 끄덕였다.

"알다마다."

배정욱 대원은 바이에덴사 직원이면서도 식물배양 담당으로 참여한 자였다. 오뚝한 콧날에 꽤 멀끔한 외모였는데 말투가 느끼하기 짝이 없었다. 적어도 우재에겐 그렇게 들렸다.

TV 특집으로 방영될 때, 배양된 감자와 토마토를 요리해서 채신 입에 넣어주고 채신은 또 그걸 맛있게 먹는 장면이 나왔었다. 그런 편집 덕분에 미혼인 배정욱 대원과 이채신 간에 묘한 감정을 암시하는 자막이 떴고, 그걸 본 우재가 방송국에 항의 전화를 했다. 방송국에선 재미를 위한 연출에 너무 예민하게 반응한다고 오히려 짜증을 냈다. 방송이 원래 그런 것이라는 말에 우재는 흐물흐물 전화를 끊고서 설정이든 쇼든 아무튼 이건 아니지, 하며 혼자 기분 나빠 했었다.

행사는 지루했다. 은근히 기대했던 초대가수는 나오지 않고, 양승호 모스 연구소장, 낙동강유역환경청장 등의 축사가 이어졌다. 그리고 마이크가 다시 강승욱 사장에게 옮겨졌다.

뻔한 말들이었다. 참가자들이 일 년간 오직 배양된 식품만을 섭취했는데, 이렇게나 건강하다. 이로써 배양육의 안전성이 객관적으로 입증되었다. 이젠 가축 사육에 따른 환경오염은 없어질 것이며, 비인도적인 도살행위도 사라질 것이다. 우리 바이에덴사는 인류의 미래를 선도하는 회사로 쉼 없이 전진할 것이다.

우재는 마지막 문장을 입술로 따라 했다. 회사 구내식당에 비치된 TV에서 늘 반복되던 홍보 문구였다.

선언과도 같은 사장의 인사가 끝나자 경쾌한 드럼 소리가 터져 나왔다. 연이어 어디서 들어본 이름의 아이돌 가수가 우르르 등장한다. 우재는 휴대전화를 꺼내 시간을 확인했다. 오후 두 시 삼십 분. 겨우 30분밖에 지나지 않았다. 창희 어깨를 툭 치며 가보자는 신호를 보냈다.

"야. 야. 노래 좀 들어보자. 뭐가 그리 급하냐."

박자에 맞춰 건들건들 목을 돌리는 창희는 우재를 쳐다보지도 않았다. 일어날 생각이 전혀 없는 창희를 뒤로하고 우재는 연단 뒤쪽으로 걸어 나갔다. 2층짜리 부속건물 한쪽에 종이로 대기실이라 붙인 문이 보인다. 문 옆에 비스듬히 기대어 휴대전화를 꺼내 보던 경비직원이 무슨 일이냐는 듯 멀뚱히 우재를 쳐다본다. 우재는 바이에덴사 사원증을 내보였다.

협력업체 회의실의 테이블을 치우고 소파 몇 개를 더 넣어 만든 임시 대기실이었다. 대원들이 편한 대로 이리저리 옮겨 앉아 내부는 어수선했다. 다리를 꼬고 소파에 파묻혀 있거나, 전화통화로 목소리를 높이는 대원도 있었다. 그들과 조금 떨어진 자리에 주황색 방진복 차림으로 앉아있는 여자가 보인다.

우재는 뭔가 골똘히 생각하고 있는 듯 앞만 주시하고 있는 여자 옆모습을 보며 잠시 숨을 골랐다. 그녀의 작은 귀, 그 뒤로 가지런히 넘긴 머리카락만 봐도 가슴이 두근거린다. 딱, 일 년 만의 재회였다. 소리쳐 부르고 싶은 마음을 누르고 그녀와의 거리를 좁혔다. 채신은 우재가 옆으로 다가가도 알아채지 못했다. 우재는 입 끝에 미소를 한껏 걸치고 채신 어깨를 툭 건드렸다.

"아? 우재 오빠?"

깜짝 놀란 얼굴이다. 그 반응이 오히려 우재를 당황스럽게 했다. 채신은 그냥 깜짝 놀라 동그래진 눈으로 올려볼 뿐이다. 그동안 얼마나 보고 싶었는지, 그래서 얼마나 힘들었는지 호들갑 떠는 채신의 모습을 수없이 상상했었다.

우재는 갑자기 무안해져서 말머리를 돌렸다.

"니 오빠도 왔다. 지금, 걸그룹 공연에 정신을 못 차리고 있어.”

채신은 그제야 설핏 미소를 짓는다. 미소로 당겨진 얼굴이 어쩐지 낯설고 어색하다. 우재까지 어색해져서 히죽 웃어 보일 수밖에 없었다.

“방문 손님들 안내해줘야 해서 대기하고 있었어요.”

“아니, 퇴소하면 끝인데, 무슨 안내까지 시키는 거야?”

“두 시간만 도와달래요. 나갈 때 나가더라도 마무리는 잘해달라고 해서.”

실험 참가자가 직접 안내해준다고 팸플릿에 쓰여 있긴 했다. 우재는 공연히 행사 운영자 탓을 하며 채신의 얼굴을 유심히 살폈다. 얼굴 한가득 그늘이 앉은 채신이 안쓰럽기 그지없다. 하루 이틀에 걸친 피로가 아녔다. 뭔가 달라진 듯한 채신의 태도에 오죽 피곤하면 그럴까. 그렇게 이해하면서도 내심 섭섭했다.

“그럼, 나랑 창희랑 너 따라다니면서 구경하다가 마칠 때 같이 가면 되겠다.”

“아, 근데, 전…… 해외 내빈이랑 외신기자들 맡게 되었어요.”

채신은 영어에 능통했다. 참가자 공개 모집 때에도 그 능력을 인정받아 채택되었었고, 외신기자 인터뷰나 영미권을 대상으로 하는 홍보는 대부분 채신이 맡았었다.

“알았어. 그럼 난 따로 창희랑 구경하고 있을게.”

“나중에 휴게실에서 봐요.”

밝은 얼굴로 손 흔드는 모습이 그제야 채신답다. 우재도 금세 기분이 좋아져서 마주치는 다른 대원들에게 꾸벅꾸벅 인사하며 뒷걸음질 쳤다.

조직 배양육

하필이면, 배정욱의 안내를 받게 되어 불쾌했지만, 에덴스피어 안으로 진입할 땐 우재도 내심 호기심이 동했다. 기술지원으로 기계실에 몇 번 출입한 적은 있었다. 말이 기계실이지 에덴스피어 건축물 전체가 기계나 다름없다. 우재는 주로 폐수처리 설비와 연계된 시설을 담당했다. 무슨 제한구역이 그리도 많던지 작업 구역 외에는 얼씬도 못 하게 했다. 뭐, 건드릴 생각도 없었다. 생체플랜트 구역에서 잠깐 작업했던 적이 있었는데, 역겨운 냄새 때문에 속이 메슥거릴 정도였다.

격리실에서 멸균 가운을 걸치고, 신발 덮개까지 씌우니 창희가 중심을 못 잡고 뒤뚱거렸다.

"야, 이거 바닥이 미끄럽네."

창희와 부딪힌 옆 사람이 힐끗 노려봐도 창희는 엉뚱한 소리만 해댄다. 우재가 대신 사과를 하며 창희 옆구리를 쥐어박았다.

"니가 미끄러운데, 내가 왜 죄송해야 하냐?"

"전시장 한번 둘러보는데 뭐가 이리 복잡하냐?"

"그건 좀 그렇네."

우재도 맞장구치며 새삼 격리실이라는 곳을 휘둘러 봤다. 우재가 기억하는 에덴스피어의 출입구와는 사뭇 다르다. 여긴 원래 앵무조개 내부로 들어가는 나선 구조의 일부로, 보조 출입구로 사용하는 곳이었다. 일반인에게 개방하기 전에 출입구를 개조한 모양이다.

"아직, 멸균복 착용이 안 된 분 있습니까? 자, 그럼 이제, 모노레일 승차장으로 이동하겠습니다."

앞서 걷는 배정욱 대원 등에 새겨진 에덴스피어 로고가 선명하다. 그는 우재의 눈총에 아랑곳없이 방문객 모두에게 친절했다. 귀찮아하는 기색 없이 열성적으로 안내하는 모습이 오히려 부담스러울 정도였다.

관람차는 유원지에서 타는 모노레일과 비슷했다. SF 영화에 나오는 우주선처럼 금속 재질로 번쩍이는 외관이 조금 고급스럽기는 했다. 두 명이 앉는 좌석이 기차처럼 줄줄이 연결되어 스무 명 정도가 한 번에 출발할 수 있었다. 안내방송과 함께 안전바가 닫히자 우재 옆에 앉은 창희가 입을 비죽거린다.

"대기실에서 주의사항 듣고, 소독실에서 소독 증기 쐬고, 격리실에서 멸균복 입고, 이제 모노레일이 출발하는데…… 어디 보자, 딱 25분 걸렸네. 별거 없기만 해봐라."

관람차가 서서히 움직여 에어커튼을 통과하자 곧바로 새로운 공간으로 진입했다. 거대한 경기장 안으로 들어선 것처럼 갑자기 시야가 넓어진다. 엄청나게 넓은 생태 공간이었다. 하지만 관람차는 여전히 아크릴 통로 안이었다. 우재는 좁은 유리관 속에 갇힌 느낌에 목깃을 느슨하게 늘였다. 관람차 천정에서는 쉼 없이 안내방송이 흘러나온다.

"에덴스피어는 인류의 미래를 변화시킬 인공생태 실험실입니다. 동쪽의 수목 생태구역, 남쪽의 수중생태구역, 서편의 단백질 배양구역, 그리고, 엽록소 필터가 설치된 21개소의 공기조화 설비가 24시간 가동되고 있습니다. 생태구역 내의 현재 온도는 21℃, 습도 49%이며 이산화탄소 389ppm, 초미세먼지 82μg, 부유세균 485CFU, 유기화합물 0.1μg을 유지하고 있습니다."

외부와 완전히 차단된 인공생태계라는 것이 신기하긴 했다. 에너지와 물, 식량은 물론이며 대기 농도까지 자체적으로 순환 유지하는 것이 말처럼 쉬운 일이 아니다. 그렇다고 대단한 구경거리가 있는 것은 아니었다. 수목 생태구역 한쪽에는 식량 자급을 위한 작은 경작지가 보였다. 경작지는 유리 외벽을 가릴 만큼 울창해진 수목 구역과는 확연히 다른, 분재처럼 예쁘게 다듬어진 과실수들 사이에 있었다.

그 과실수 앞에 세워진 이질적인 물건들이 시선을 끈다. 1.5m 높이의 금속성 원통이 과실수 종류에 따라 하나씩 나열되어 있었다. 그것은 전시장 내부를 구불구불 가로지른 아크릴 통로만치 모순적이면서 그로테스크한 구경거리였다. 사람들의 호기심을 눈치챈 배정욱이 식물 배양기라고 설명해주었다.

사과나 복숭아 같은 과실이 배양되어 이십일 정도가 되면 호두과자처럼 꺼내 먹을 수 있다고 했다. 우재도 몇 번 구경했던 배양기였다. 식물배양 담당 직원 몇 명과는 제법 안면이 있었고 그들이 건네주는 과육을 맛본 적도 있었다. 껍질도 없이 과육으로만 배양되어 조금 이상한 느낌이긴 했다. 하지만 예상과 달리 아주 맛있었다. 당도도 높고 식감도 괜찮았다. 그만치 진한 농도의 배양액을 공급했을 것이다.

관람차는 몇 종류의 푸성귀가 심어진 경작지 앞에서 멈췄다. 안전바가 열리고 배정욱이 일어서서 통로 옆의 단말 센서에 손바닥을 댄다. 센서 특유의 인식음과 함께 아크릴 벽면이 개방되자 비로소 뭔가 익숙한 냄새를 맡을 수 있었다. 발효된 부엽토 냄새였다.

"보시다시피 배추입니다. 우리 한국사람 김치 없으면 힘을 못 쓰잖습니까."

관람객들 사이로 작은 웃음이 번진다. 배정욱은 그 웃음보다 더 과장되게 웃으며 흙을 한 움큼 쥐어 보였다.

"흔한 게 흙이라지만 우리에겐 골칫덩이였습니다. 토양 속에 있는 미생물. 뭐, 호기성, 혐기성, 그런 세균들 말입니다. 이놈들이 우리 에덴스피어 공간의 산소 균형을 깨버리곤 했거든요. 이흙은 식물의 필수 영양소와 세균들의 균형을 맞춘 인공토양입니다. 시행착오가 많았지만, 우리 모스 연구소 실험을 통해 검증되었죠."

배정욱은 배추이파리 몇 개를 뜯어 관람객에게 나눠주고 저도 하나를 입에 넣어 씹는 시늉을 했다.

"영양 만점에 안전성도 검증된 흙이죠."

창희가 배추를 앞니로 깨작깨작 씹더니 나머지 조각을 우재에게 건네준다.

"배추가 좋다는 말이여, 흙이 좋다는 말이여? 뭐, 별맛도 없구면……."

우재는 피식 웃으며 배춧잎을 옆 사람에게 넘겼다. 생산 효율은 수경재배가 훨씬 좋은데, 굳이 인공토양을 사용하는 이유를 알고 있었다.

외부와 차단된 공간에서 순환 재생된 물과 산소를 들이마시고, 배양설비에서 생산된 단백질을 일 년 동안 섭취하고도 아무 이상이 없다는 것을 보여주는 것만치 훌륭한 홍보는 없을 것이다.

하지만, 튜브가 주렁주렁 매달린 배양기에서 생산된 유기물을 선뜻 음식으로 받아들이기는 어려웠다. 그래서 흙은 중요한 감성

재료였다. 그것도 까맣고 부슬부슬한 흙이 필요했다.

관람차는 다시 움직였고, 조직 배양을 통한 단백질 생산라인은 일부분만 공개되었다. 일부분이었지만 그것만으로도 관심을 끌기에 충분했다. 그걸 아는 배정욱 대원이 목소리를 높였다.

"배양된 세포를 농축해서 고기 흉내를 낸 예전 기술을 떠올리시면 안 됩니다. 보시다시피 조직 전체를 배양하는 방식이죠."

배양액이 가득 찬 원통 모듈 속에 동맥혈관 역할의 튜브가 뒤엉킨 모습은 그 자체가 경악이었다. 사람들은 똑같은 형태로 생산되는 단백질 덩어리를 통조림공장 관람하듯 구경했다.

관람차는 동물의 심장근육으로 만들었다는 펌프 앞에서 다시 멈췄다. 어떤 역할을 하는 근육 펌프인지는 알려주지 않았다. 진짜 펌프처럼 일정한 압력을 유지하고 있는지도 알 수 없었다. 사람들은 그저 역동적으로 수축하는 거대한 심장을 마주하는 것만으로도 몸서리를 쳤다. 마치 가슴을 열어젖힌 거대한 공룡의 심장박동을 코앞에서 목격한 마냥 온몸에 소름을 돋우며 감탄했다.

우재는 심장 펌프의 작동이 뭔가 부자연스럽다는 것을 알아차렸다. 깊숙한 수축 사이에 일어나는 불규칙한 경련이 마치 숨을 헐떡이는 살덩이처럼 보였다. 전기신호의 오류일까? 그럴지도 모른다. 하지만 원인이 무엇이든 죽어가는 근육의 전조증상임은 분명했다.

저 심장은 머지않아 멈출 것이다. 어차피 한 달 이상을 버틴

근육은 없었다. 이벤트가 끝날 때까지만 버텨주면 심장의 목적은 달성되었다. 관람객들이 떠나면 미련 없이 해체될 것이다. 우재는 죽어버린 심장을 길게 찢고 혈액조차 나오지 않는 근육 안으로 손을 넣어 복합수지 플랜지와 밸브를 끄집어내던 작업을 떠올렸다. 그때 배인 악취는 며칠 동안이나 지워지지 않았었다.

특별 코스로는 엽록소 필터에서 생산한 산소와 피톤치드가 혼합된 공기를 몇 분간 호흡하는 체험이 있었다.

"머리가 좀 맑아지셨나요?"

배정욱은 체험자의 산소 튜브를 벗겨주면서 연예인 같은 멘트를 날렸다. 우재는 이거, 기막힌데요? 라는 리액션을 보여 줬다. 보여주고 싶은 것만 보여주며 한 바퀴를 빙 돌아 다시 전시장 입구의 휴게실로 들어갔을 땐 두 시간이 흘러 있었다. 우재에겐 다소 지루한 시간이었다.

휴게실은 생각 외로 고급스러웠다. 우재도 리모델링 이후 처음이라 살짝 감탄하며 내부를 휘둘러봤다. 앵무조개의 입구에 해당하는 곳이라 원래부터 천정이 높은 곳이긴 했다. 그 높다란 공간 곳곳에 화려한 샹들리에가 드리워져있다. 조만간 그에 상응하는 가격표의 레스토랑으로 변모할 것이 분명했다.

테이블에 놓인 메뉴판을 스윽 훑어본 창희가 어깨를 들썩이며 웃는다.

"야, 야, 우재야 이거 끝내준다."

26

헛기침을 두어 번 뱉은 창희가 소리 내어 읽기 시작했다.

"뇌 기능 향상 효소가 함유된 참치 스테이크. 항노화 성분이 깨소금처럼 뿌려져 있다는 소고기 수프. 남자한테 무조건 좋은 닭가슴살……."

킥킥 웃던 창희가 다시 목청을 높였다.

"우와. 장난이 아니네. 야아, 무슨 휴게실 식당 가격이……."

옆 테이블 손님 표정까지 살피며 주절거리던 창희가 문득 얼굴을 고치고 반색한다.

"어, 봐라. 봐라. 다 끝났는가 보다."

사복 차림으로 들어오는 이가 긴가민가했는데 갑자기 소란스러워지는 주변 분위기에 실험 참가자들이라는 것을 확신할 수 있었다.

양손을 흔들어 환호하는 테이블도 있었다. 일 년 만의 재회였으니 그럴 만도 했다. 채신을 발견한 우재도 마찬가지였다. 우재는 벌떡 일어나 채신을 불렀고, 가슴을 부풀려 실내 공기를 들이마시던 채신도 엉거주춤 손을 흔든다.

"고생 많았어."

우재의 인사에 채신은 살짝 상기된 얼굴로 의자에 앉았다. 간단한 포옹을 기대했던 우재가 벌린 두 팔을 내려 재빨리 채신의 의자를 밀어준다. 창희는 채신 어깨를 툭툭 치며 낄낄거렸다.

"깜박하고 두부를 안 챙겨 왔네. 우리 동생, 이런 옥살이 할지는 나도 몰랐지."

채신이 새삼 주위를 둘러보며 코를 치켜들었다. 어떻게 이해했는지 창희가 곧바로 대답했다.

"아빠 못 오셨어. 수리할 배가 갑자기 들어왔거든. 아마 지금 계신 곳에선 전화도 안 터질걸. 걱정하지 마라. 건강하셔"

"다들 별일 없어서 다행이다."

고개만 주억거리는 채신을 향해 우재가 걱정스럽게 묻는다.

"괜찮아? 몸이 별로 안 좋아 보이는데?"

"아까 못 들었어요? 건강검진결과 발표하는 거. 저 튼튼해요. 우재 오빠는 바쁠 텐데, 오늘 어떻게 나왔어요?"

채신이 상체를 반듯하게 세워 팔뚝 재는 시늉을 하더니 말머리를 바꾼다. 우재 얼굴이 살짝 굳어졌다. 어떻게 왔냐니? 그러잖아도 낯가림하는 아이처럼 변한 채신이 섭섭하던 차였다. 우재는 과장되게 대꾸해준다.

"그걸 말이라고 하냐? 내가 당연히 와야지. 오늘 토요일이긴 하지만……."

"아, 그렇구나. 토요일이네."

우재는 왠지 겉도는 이 느낌이 당황스러웠다. 원래부터 인정머리 없는 창희 놈은 실실거리며 메뉴판만 뒤적일 뿐이다. 형식적인 인사말에 어색하게 깔려 드는 침묵은 우재까지 초조하게 만들었다.

채신이 원래 차분한 성격이긴 했다. 하지만 지금은 뭔가 달랐다. 테이블에 앉자마자 주위를 살피며 코를 킁킁대기도 했다. 그러고 보니 휴게실에 와서 한 번도 자신과 눈을 마주치지 않은 것 같다.

"왜? 무슨 냄새가 나?"

우재의 물음에 채신이 황급히 손사래를 쳤다. 누구와 마주칠까 봐 두려워하는 것이 아니라 누굴 찾는 것처럼 보이기도 했다.

"주문하자. 배고프다."

메뉴판에 시선을 박고 있던 창희의 말에 우재도 채신에게 메뉴판을 건넸다. 뜻밖에도 채신은 정색하고 고개를 젓는다.

"먹고 싶지 않아"

"넌 이런 음식 질리도록 먹어봤을 테지. 난 이거 먹어보고 싶다. 그리고 이거……."

창희는 남자한테 좋다는 닭튀김과 사포닌 함유량이 산삼보다 높다는 샐러드를 손가락으로 꾹꾹 집는다.

"난…… 여기 음식 안 먹을 거야."

창희에게 하는 말인지 혼잣말인지 알아듣기 어려울 만치 작은 목소리였다.

"뭐라고?"

"안 먹을 거라고요!"

단호한 거절에 놀란 창희가 동그란 눈으로 쳐다보다가 픽, 웃으며 다시 메뉴판에 시선을 놓는다.

"야. 그럼, 넌 음료수 시키든지 해라. 여동생 마중 나온다고 아침부터 배곯은 이 오빠는 뭐라도 먹어야겠다."

창희와 채신을 번갈아 살펴보던 우재가 결국 손가락으로 테이블을 툭툭 두드렸다.

"채신이 많이 피곤한 모양이다. 아, 집 부근에 유명한 맛집 하나 생겼어. 집으로 배달도 된대."

아닌 게 아니라 채신의 표정은 이제 막 임무를 완수한 기쁨과는 거리가 멀었다. 창희도 동생 안색을 살피더니 이맛살을 찌푸렸다.

"어디 아프냐?"

"그냥 좀 자고 싶어."

"실험 끝나는 마지막 날까지 뺑뺑이 돌리는 것 보니 딱 알겠네. 평소에 얼마나 굴렸을까. 야, 우재야 차 빼라. 집에 가자!"

창희가 메뉴판을 거칠게 덮고 일어선다. 채신의 안색을 살피던 우재도 화들짝 일어나 출입구로 향했다. 채신의 시선이 종종걸음으로 나가는 우재 뒷모습을 따라가다가 이내 그 너머를 휘돈다. 채신은 실내에 고여 있는 냄새를 빨아들이려 코를 들어 올렸다.

냄새

샤워부터 했다. 뜨거운 물줄기에 몸을 맡겨도 집요하게 달려드는 냄새는 어쩌지 못했다. 우재 오빠 차를 타고 집으로 오는 동안 잠깐 가라앉았던 후각이 다시 예민해졌다. 일부러 딴생각해도 소용없었다. 냄새들은 마치 날카로운 송곳처럼 콧속에 스며들어 뇌수를 찔러댔다.

냄새, 냄새, 냄새……. 세상의 모든 냄새가 달려드는 느낌이다. 쇠 냄새 섞인 수돗물, 오빠가 아침에 썼을 샴푸, 세면대에 놓인 비누, 타일 틈에 끼인 곰팡이, 수건에 묻은 아빠의 땀 냄새까지…… 좁은 욕실이었지만 그곳에서만 수백 가지 냄새를 구분할 수 있었다.

두 달째 계속되는 증상이었다. 처음엔 신기하기만 했다. 휴게실에 누가 머물렀는지, 앞서가는 대원이 무엇을 먹었는지, 먹은 음식에 어떤 재료를 넣었는지도 알아맞힐 수 있었다. 공기 중에 떠다니는 분자까지 구분할 수 있겠다는 느낌일 땐 정말로 세상이 달라 보일 정도였다. 왜 이런 능력이 생겼는지, 이것이 얼마나 위험한 증상인지 생각지도 못할 만큼 흥분되었었다.

하지만, 실험종료를 보름 앞둔 날부터 달라졌다. 엽록소 필터 교체 작업에 유난히 애를 먹은 날이었다. 늦은 일과를 마친 채신은 자신의 방에 들어서자마자 코를 킁킁거렸다. 처음 맡아보는 냄새였다. 냄새를 찾아 킁킁거리다가 책상 위에 놓인 하얀 편지를 발견했다. 발신자 표시도 없이 '이채신'이라는 이름만 표시된 편지였다.

봉투를 여는 중에 작은 쪽지가 툭 떨어져 나왔다. 봉투에 어울리지 않게 접은 노란색 메모지였다. 메모지엔 날짜와 주소가 쓰여 있었다. 어린아이가 쓴 것처럼 삐뚤삐뚤한 글씨였다.

메모지를 앞뒤로 뒤집어 보던 채신이 한숨을 내쉬었다. 유치한 장난에 어이가 없기도 했지만, 왠지 불길한 느낌이었다. 그리고 코를 벌름거렸다. 방에 들어올 때부터 가슴을 두근거리게 만든 냄새가 더욱 진하게 풍겼다. 메모지에 코를 대는 순간, 세상의 모든 가치와 순서가 뒤바뀌어버렸다. 그렇게 표현할 수밖에 없었다.

어떤 단어로도 형용할 수 없는 냄새였다. 또 한편으론 너무나 친밀한 냄새였다. 자신의 몸 가장 깊숙한 곳에서 풍기는 살 냄새가 이러할지도 모른다. 그 깊은 곳으로 코를 넣지 않고서는 절대로 맡을 수 없는 냄새. 그런 냄새 덩어리가 뇌의 어느 한 곳을 쿵 치는 순간, 온몸의 세포가 번쩍 눈을 떴다. 그리고 입을 모아 외쳐댔다. 그래 바로 이거야. 태초에 잃어버렸던 나의 일부분. 내 그리움과 갈증의 원천. 이게 바로 내가 그토록 찾아 헤매던 것이야. 채신은 온몸이 외쳐대는 강렬한 욕구에 현기증이 날 정도였다.

동시에, 와락 끼치는 두려움에 몸을 떨었다. 몸서리치도록 짝사랑하던 상대가 느닷없이 이불 밑에서 올라왔을 때의 충격과 비슷할까. 미친 듯이 날뛰는 심장을 자각할수록 뭔가 잘못되었다는 경종이 머리 한쪽을 두드렸다. 채신은 메모지를 변기 물에 내려버렸다.

변기 안으로 빨려드는 종잇조각을 보며 몸을 덜덜 떨었다. 5초도 되지 않아 후회했다. 내용을 제대로 읽지도 않고 버린 자책이었다. 이미 몸 안의 모든 세포가 발끝을 세우고 일어나 그 냄새를 찾으라고 아우성이었다.

몸뚱이는 튕겨진 화살처럼 날아가려 했다. 하지만, 무슨 냄새인지 모르니 미칠 지경이었다. 왜 찾아야 하는지, 어디로 가야 하는지도 알 수 없었다. 그저, 똑같은 냄새를 찾아야 한다는 강박에 끊임없이 코를 쿵쿵댈 수밖에 없었다.

채신은 넋 나간 사람처럼 에덴스피어 안을 헤매다가 문득 떠올렸다. 아홉 명의 실험 참가자 중에서 유독 친했던 고현지 대원. 수중생태계 구역인 인공저수지에 발을 담그고 있던 그녀가 몽롱한 눈으로 말했었다.

"채신아. 내가…… 변해버렸어."

답답한 공간 속에서도 늘 웃음을 몰고 다니던 고현지가 그런 얼굴을 보이긴 처음이었다. 그녀는 세상이 불공평하다는 것을 실감케 한 여자였다. 그 실감은, 표면적으로 드러난 조건과 재능을 넘어선 어떤 선천적인 매력을 포함하는 것이었다.

고현지는 분자생물학 대학원을 수료하자마자 바이에덴사에 입사했고, 1년이 지나지 않아 에덴스피어 실험에 자원했었다. 성공적으로 임무를 완수하면 모스 연구소에 정식 채용될 예정이라 했다. 연구 경력 1년도 안 되는 석사 학위자가 세계적으로 인정해준다는 연구소의 정식 연구원이 되는 경우는 거의 없었다.

실제로 그녀는 에덴스피어 생활 중에 모스를 합성해내기도 했다. 모스 연구소 양승호 소장까지 부속실험실에 들러 촉망받는 인재라 격려해주곤 했다. 사실, 격려라기보다는 치근댐에 가까웠지만, 아무튼 고현지는 특유의 재치와 입담으로 현명하게 대처했다. 채신이 부러워하는 그녀의 매력이 바로 그것이었다. 어떤 상황에도 침착하게 대처하는 능력과 자신감. 고현지는 정말 본받고 싶은 여자였다.

기막힌 유머로 동료들을 웃게 했던 고현지가 침묵에 빠져버렸다. 보는 사람이 더 안타까울 정도였다. 넋 나간 얼굴이었고, 두 눈은 뭔가를 찾아 초조하게 흔들렸다. 어디가 아프냐고 물어봤지만 그런 관심조차 귀찮아했다. 바빠서 그렇다고 변명하는 와중에도 그녀의 시선은 채신의 몸을 지나 허공 여기저기를 쉴 새 없이 더듬었다.

고현지의 증상이 심각하다는 보고가 올라간 지 하루 만에 양승호 소장이 왔다. 의사도 없었고, 심리상담사도 없이 양 소장 혼자 나타났다. 양 소장은 고현지와 면담하고 간단하게 진단을 내놓았다. 밀폐된 장소에 장기간 머문 사람에게 발생하는 일시적 공황장애라고 했다. 심리적 안정이 필요하다는 판정이 뒤따랐고, 양 소장은 고현지에게 특별 휴가를 처방했다.

에덴스피어가 밀폐된 생태계라는 것은 일반인에게 알리는 홍보에 불과했다. 시설 수리를 위해 외부 작업자들이 들락거렸고, 이산화탄소 농도가 높아지면 외부 공기를 유입시켰다. 심지어 외부음식도 반입되었다. 내부의 일은 절대 발설해서는 안 된다는 대원들의 비밀서약만이 유효했다.

고현지는 사흘 만에 돌아왔다. 그리고 그 후엔 주기적으로 외출 신청을 했다. 그녀의 외출은 양 소장의 특별지시였다. 모스 연구소장과 고현지의 관계를 의심하는 대원도 있었지만, 입 밖으로 말을 꺼내는 이는 아무도 없었다.

고현지는 실험종료를 두 달 남겨놓고 에덴스피어를 떠났다. 그녀 스스로 포기 신청서를 제출했다. 고현지는 배웅 나온 채신을 꼭 껴안으며 귀엣말을 했다.

"채신아. 내 안에…… 내가 아닌 뭔가가 있어. 너도 조심해."

그 당시에는 무슨 말인지 몰랐다. 그랬기에, 기억나는 말도 단편적인 몇 마디뿐이었다. 하지만 고현지가 경고했던 일이 바로 자신에게 일어나고 있음을 직감할 수 있었다.

자신의 몰골이 고현지와 너무 흡사했다. 어찌 보면 고현지를 목격한 덕분에 멀쩡한 척하며 하루하루를 견뎠는지 모른다. 머리 한쪽에선 냄새를 찾아가자며 끊임없이 부추겼다. 하지만 그 부추김만치 두려움도 짙어졌다. 한번 놔버리면 자기 자신이 사라져 버릴지도 모른다는 두려움. 그 까짓것 아무래도 상관없지 않으냐는 유혹에 저항하는 마지막 망설임이었다.

냄새 묻은 쪽지를 재빨리 버렸다는 것이 얼마나 다행인지 모른다. 종이에 쓰인 날짜와 주소의 의미는 진작 알았다. 그 장소에 오면 원하는 것이 있다는 의미겠지. 또한, 벗어날 수 없는 족쇄를 감수해야 한다는 것이겠지.

물론, 후회했었다. 제대로 보지도 않고 메모지를 버린 자신을 원망하고 저주했었다. 냄새만 찾을 수만 있다면 무슨 짓이라도 할 수 있을 것 같았다. 채신은 지칠 때까지 해운대 거리를 쏘다녔다. 온갖 냄새를 더듬고, 그다음 날엔 온종일 잠을 잤다.

"그래, 푹 쉬어라."

아버지는 침대에 돌아누운 채신을 애달프게 쳐다보다가 소리 나지 않게 한숨을 삼켰다. 에덴스피어 실험 참가자로 선정되었다는 소식을 들었을 땐 딸의 앞날이 환해졌다고 생각했다. 초창기엔 연예인처럼 TV에도 출연했다. 그런데 이렇게 피폐해져서 돌아올 줄은 몰랐다.

가지 않겠다고 버티는 딸 손을 이끌고 병원에도 가봤다. 우울 지수가 상당하다며 몇 일치 약을 처방해 줬다. 그 약을 먹지 않을까 염려하여 직접 물컵을 내밀어 삼키게 했다. 딸은 여전히 입을 닫았고, 아버지와 눈을 마주치려 하지도 않았다. 아픈 딸아이를 위해 뭘 해야 할지 떠오르는 게 없었다.

아이 엄마라도 있었다면 뭔가 달라졌을 것이다. 2년 전에 먼저 떠난 아내의 빈자리가 너무나 크게 느껴진다. 창희는 하나도 도움이 되지 않았다. 오빠라는 놈은 친구라도 좀 만나라고 여동생 다리를 툭툭 찰 뿐이었다.

사실, 속 썩이는 정도를 따지자면 창희가 더했으면 더했지 덜하지는 않았다. 법대 졸업하고 허름한 변호사 사무실에 취직한 뒤로 몇 번이나 사무실을 옮겼다. 동기 중 누구는 사법고시에 합격했네, 사무장 명함을 받았느니 어쩌니 해도 창희는 남의 집 잔치 보듯 했다. 오히려 조만간 국회의원 보좌관실로 자리를 옮길 것이라며 큰소리쳤다. TV를 보다가 나라가 개판이라며 지레 얼굴을 붉히고 침 튀기는 모습을 보고 있자면 속이 끓어 오히려 고개를 돌려야 했다.

요즘엔 주말마다 무슨 강연회를 광신도처럼 따라다닌다. 본인

말로는 철학자 니체에 대한 강좌라고 했다. 강사인 곽경식 교수는 TV 강연에서 인기를 얻어 유명해진 역사학자라고 했다. 한두 번 들으면 끝날 일인데, 창희는 자원봉사를 자청하며 곽 교수 강연을 따라다녔다.

그런 오빠 덕분에 채신도 곽 교수 강연에 참석했었다. 막무가내인 오빠의 강요도 있었지만, 아교 덩어리 같은 현실을 벗어나려는 본인의 발버둥이기도 했다. 그러나 채신은 한 시간도 앉아 있지 못했다.

백여 명이 넘는 사람들 속에 파묻히자마자 코를 킁킁댔다. 자신도 모르게 고개 젖히고 냄새를 분별하려는 모습이 부끄러우면서도 화가 났다. 강의 내용은 머릿속에 들어오지 않았다. 니체 사상을 이야기하고, 무슨 과학 이론을 설명하는 것 같기는 했다.

"채신아. 인간 본질을 깨닫고, 삶의 방향을 제시해주는 강의다. 야아, 진짜. 내가 우리 동생한테 쓸데없는 소리 하겠냐?"

채신은 대꾸하지 않았다. 그저 오빠 너머에서 풍겨오는 냄새를 구분하려 고개를 치켜들었다. 오빠는 두 번 다시 데리고 다니지 않을 거라 투덜댄다. 채신도 다시는 오고 싶지 않았다. 아니, 밖으로 뛰어나가 세상 모든 곳의 냄새를 하나하나 맡아보고 싶었다.

모스

"아무래도 쟤 우울증이 심각한 것 같아요."

TV를 보던 창희가 아버지에게 슬쩍 고개 돌려 쑥덕였다. 방으로 들어서는 채신 귀에도 들렸다. 그래, 정말 우울하다. 사실, 면접 보고 오는 길이었다. 채신으로선 용기를 쥐어짠 행동이었다.

시내 어학원에서 어학 강사로 꽤 잘나간다는 친구에게서 연락이 왔었다. 야, 일단 몸을 빡시게 굴려. 그러다가 외국물도 좀 먹고, 동시통역사 명함도 만들고 하는 거라고. 맹탕 국내파가 무슨 동시통역사야. 걔네들도 급이 있다고. 암튼, 우리 학원 자리 났으니까 일단 들어와. 너 정도면 일타강사로 밀어줄 수 있어⋯⋯ 그렇게 부추겼었다.

동시통역사? 이젠 그 기억마저도 흐릿하다. 그래, 통역사가 되고 싶었지. 하지만 지금은 오직 자신과 합쳐져야 할 뭔가를 찾으려는 욕구만 들끓는다. 지금까지 가졌던 모든 욕구를 합친 것보다 더 강렬한 욕구. 그런데, 모호했다. 모호하다는 것은 그 욕구를 직시하려 할수록 무얼 원하는지 모르겠다는 것이다.

허기진 것처럼 갈구하는 것이 결코 식욕은 아니었다. 간절하게 원하는 뭔가가 있기는 있었다. 그것은 소유하거나 행동하는 것으로 성취되는 것이 아니었다. 오히려 뭔가에 뒤섞이고 싶은 갈망과 유사했다. 성적 욕구는 아니었다. 하지만 딱 잘라 그런 것이 아니라고 말할 수도 없다. 지독한 허기 속에 들끓는 감정은 성욕보다 더 원초적이면서 은밀했다. 지금은 그저 뭐든 해야겠다는 조바심뿐이다. 온몸에 고여 있는 것들을 휘저어버릴, 바쁘고 피곤한 뭔가를 해야 했다.

거실에 켜놓은 TV 소리가 방안에까지 새어든다. '에덴식품의 멀티 푸드가 여러분의 건강을 책임집니다. 에덴식품은 환경과 윤리문제를 해결한 우리 미래의 대안입니다. 일 년 내내 1등급 한우를 먹었어요.' 광고모델로 출연한 배정욱 씨 목소리다.

채신은 이어폰을 꺼내 귀에 꽂았다. 피아노의 맑은 울림이 TV 소리를 지워준다. 하지만 그 멜로디에서조차 냄새가 느껴졌다. 채신은 코를 찡그리며 상체를 뒤로 기댔다. 물론, 자신에게도 광고 제의가 들어왔었다. 에덴스피어 홍보 담당자의 전화였다. 그는 당연히 응하리라 여긴 듯 거침이 없었다. 대뜸 촬영 일정부터 나열했고, 출연료는 소정의 수고비 정도이니 큰 기대는 하지 말라는 말까지 덧붙였다. 채신은 정중히 거절했다.

당황한 담당자는 말까지 더듬었다. 뜻밖의 거절에 수정해야 할 촬영 콘티를 떠올렸을 것이다. 그는 이내 불쾌하다는 투로 아랫사람 대하듯 말을 흘렸다. '면접에 불이익은 없을 테지만 다시 한번 잘 생각해 봐요.' 채신은 어이가 없어 헛웃음을 냈다. 불이익은 없을 거라니? 채신은 전화를 끊고, 불이익은 없을 거래. 라는 말을 몇 번이나 중얼거렸었다.

에덴스피어 실험 참가자는 바이에덴사 입사 자격을 부여했다. 지원자 모집 요강에 굵은 글자로 표시되어 있었다. 간단한 면접 과정만 거치면 정식직원으로 채용된다는 내용. 채신도 그것 때문에 지원했었다. 우재 오빠와 같은 대학에 다녔던 것처럼, 직장도 함께하고 싶었다. 나도 오빠 못지않게 똑똑하고, 각별한 여자라는 것을 보여주고 싶었다.

50대 1의 경쟁률을 통과하고, 감옥 같은 일 년을 견뎠지만, 이젠 아니다. 그런 불이익이라면 하나도 아쉽지 않다. 바이에덴사와 연관된 모든 것이 싫어졌다. 나중에 후회할지 모르겠지만 지금은 아니다.

외면하고 싶을수록 바이에덴사 제품이 눈에 많이 띈다. 희귀한 색깔의 꽃, 더 커지고 당도가 높아진 과일, 그리고 아무렇지 않게 식탁 위에 놓이는 배양 식품들……. 이젠 배양육만 취급하는 식당도 흔해졌다. 절반에 불과한 가격에 맛도 나쁘지 않으니

업소에서 마다할 이유가 없었다. 인공적으로 배양한 단백질이라는 거부감도 점점 옅어지고 있었다.

반면에 축산업자들이 벌이는 시위는 연일 시끄럽다. 하지만 그들만의 외침일 뿐이다. 그들도 알고 있었다. 축산업은 사실상 끝났다. 끝났기 때문에 더더욱 절실하게 보상을 원했다.

'모스'라는 합성 미생물을 혐오하는 부류도 많았다. 교수, 자칭 전문가, 혹은 연예인까지 배양육의 위험성을 성토했다. 모스는 유전자 변형 생물이다. 모스가 포함된 배양육이 인체에 어떤 악영향을 줄지 모른다는 주장에 많은 사람이 동조했다. 배양육 반대 단체의 폭력적인 활동도 뉴스에 등장하기 시작했다.

음악을 듣던 채신이 이어폰을 빼고 코를 킁킁댄다. 고춧가루와 마늘, 간장, 물엿. 그리고 습기에 젖은 종이 포장 냄새…… 보지 않아도 직접 본 듯이 떠올려진다. 거실 소파에 앉은 오빠가 배달된 치킨 요리 포장을 열고 있다. 매운 양념에 이어 치킨무 포장도 뜯었다.

다행히 요 며칠부터 냄새가 옅어졌다. 가끔 예민해지긴 해도 예전처럼 냄새에 휩싸여 거리를 헤매게 할 정도는 아니었다. 그때마다 억지로 되뇌었던 '도대체 내가 뭘 찾는 거야?' 라는 자문에 대한 답은 여전히 아득하다.

학원에서 채용통보가 오면 최선을 다할 생각이다. 그래서 원래의 나로 돌아가고 싶다. 원래의 나? 채신은 되물었다. 그러고 보니 예전의 내가 어떤 모습이었는지 기억나지 않는다.

휴대전화를 열어 메시지를 확인했다. 읽지 않은 문자가 다섯 개나 있다. 학원에서 온 건 없고 우재 오빠가 보낸 문자가 눈에 띈다. 얼핏 보이는 앞 문장만으로도 침이 삼켜진다. 우재 오빠 문자 라인에 머뭇대던 손끝이 그 아래 문자에 닿는다. 읽으려고 여는 것이 아니었다. 손가락을 지우개처럼 빠르게 놀려 문자를 지운다. 그 중엔 바이에덴사 홍보실에서 보낸 문자도 있다.

마지막으로 우재 오빠가 보낸 문자를 열었다. 이번 주말, 괜찮은 식당을 예약했으니 바람맞히지 말라는 내용이다. 채신은 길게 심호흡했다. 메시지를 읽으며 자신도 모르게 띄웠던 미소를 억지로 떼어내기 위해서였다.

갈망이 가리키는 길엔 우재 오빠가 없었다. 오히려 괴이쩍은 욕망이 망령처럼 들러붙는 길이었다. 달려갈수록 오빠와는 멀어졌다. 하지만 우재 오빠는 우람하게 서 있는 자석이었다. 뒤에서 잡아당기는 자석. 질주할 수 없도록 잡아당겨 제자리에서 허우적거리게 했다. 허공에 두 팔을 휘젓는 몰골을 우재 오빠에게 보여줄 수는 없다.

휴대전화를 넣으려다가 금방 도착한 창희 오빠 메시지를 펼쳤다. '뭐하냐? 나와서 치킨 먹어라.' 냄새 풍긴 지 한참이 지났는데? 아마도 혼자 먹기에 버거웠나 보다. 배양육으로 만든 치킨. 오빠는 같은 가격으로 두 마리 분량을 넣어주는 가게를 종종 이용했다.

혼자 다 먹으라고 답장을 보냈다. 그러자 다시 오빠에게서 문자가 온다. 뻔한 내용이었다. 니체 강의에 빠진 사람들끼리 무슨 단체를 만든 것 같은데, 언제부턴가 시도 때도 없이 메시지를 보냈다. 채신은 화면을 대충 훑어보고 삭제 버튼을 눌렀다.

〈web발신〉
과학은 물질이 입자와 파동의 성질을 동시에 가졌다고 결론 내렸다. 여기서 주목해야 할 것은 관찰자이다. 관찰됨으로써 물질은 비로소 입자로서의 위치를 확정 지을 수 있기 때문이다.
너와 내가 있지 않다면 우주는 단지 가능성으로만 남았을 뿐이다. 우주를 실존하게 만든 것은 바로 하늘을 올려봤던 우리로 인해서였다.
일찍이, 예언가 니체는 말했다.
"너 위대한 천체여! 네가 비추어줄 그런 것들이 존재하지 않는다면 무엇이 너의 행복이겠느냐!"

　　　　　　　　　　　　　　　－『위버멘쉬 해설서』 발췌. 곽경식 교수

청혼

광안리 해변 레스토랑은 빈 좌석이 없다. 더구나 토요일 오후, 해변에 드리워진 황금빛 노을을 실눈 뜨고 감상할 2층 창가는 또 얼마나 구하기 어려웠을까. 채신도 알 것이다. 몰랐다면 이제라도 알아줬으면 했다. 어룽대는 그림자까지 로맨틱하게 꾸며주는 하트모양의 초도, 꽃말을 이으면 한 문장의 연서가 되는 꽃장식도 유심히 봐줬으면 했다.

타이밍이 중요하다. 회색 조끼가 다소 커 보이는 웨이터에게 물 한잔을 더 부탁하면서도 우재는 타이밍을 생각했다. 채신은 오늘따라 더 말이 없다.

불안한 우재의 시선이 건너 테이블 노랑머리 여자와 마주쳤다. 눈을 마주친 여자가 찔끔하더니 옆에 앉은 친구 어깨를 치며 호들갑을 떤다. 여자들의 킥킥대는 웃음소리가 거슬린다. 자신 때문이 아니라 채신이 들을까 싶어 신경이 쓰였다.

채신은 창밖을 굽어보고 있다. 채신의 시선이 궁금해 우재도 창밖을 살폈다. 해변 앞 차도는 번잡했다. LED로 튜닝한 자동차는 뭇사람의 관심을 좇아다니고 옆구리를 서로 감싼 커플은 오직 그들만의 공간을 공처럼 굴리며 걷는다.

"저 사람들…… 무슨 생각을 하고 있을까?"

한 손으로 턱을 괴며 채신이 중얼거린다. 우재는 부러 쾌활하게 대꾸해줬다.

"딱 보면 알잖아. 저 자식은 어떻게 말을 붙여볼까. 머리를 쥐어짜는 중이고, 저 커플은 오늘 집에 들어갈까 말까 고민하고 있어."

우재는 채신의 웃음기가 사라지기 전에 서둘러 덧붙였다.

"나도 무지 큰 고민이 있어."

감춰뒀던 보라색 케이스를 테이블 위로 밀었다. 붉은 리본이 달린 반지 케이스다.

"나랑 결혼해줄지 안 해줄지……."

채신은 반지 케이스를 빤히 내려 봤다. 미소를 머금은 얼굴이 마치 시간이 멈춘 듯 꼼짝하지 않는다.

건너 테이블 여자들이 서로 어깨를 치며 쑥덕였다.

"어떡해, 어떡해. 꺼냈어. 얘, 얘, 살살…… 듣겠다."

저희끼리 찧고 까부는 방정을 흘겨볼 여유조차 없었다. 우재는 손을 테이블 아래로 내렸다. 티 나지 않게 움직여 손바닥 땀을 바지에 문지른다.

"안 열어봐?"

"이건 정말……."

채신은 오히려 두 손을 모으고 어깨를 움츠렸다. 가쁜 숨만 내쉬던 채신이 결연히 입술을 깨물었다.

"나중에…… 나중에 열어보면 안 될까요?"

"집에 가서?"

"좀 더…… 더 나중에요."

채신이 마주 보며 과장되게 미소를 짓는다. 그러나 눈꺼풀이 포르르 떠는가 싶더니 눈자위에 한 겹의 물기가 입혀진다. 채신을 응시하던 우재는 속절없이 고개를 끄덕였다. 언제나 그랬듯, 도대체 왜 그러냐고 따지는 대신에 한껏 깊은 미소만 보여 줬다.

근래 채신을 만나는 동안 우재 목구멍에 걸린 '왜?'라는 단어가 적어도 백 개는 될 것이다. 평소 미련하다고 핀잔받는 우재였어도 채신이 변했다는 건 알 수 있었다. 특히나, 긍정도 부정도 아닌, 우멍한 눈으로 서로 마주 볼 땐 더욱 선명히 느낄 수 있었다.

채신에 대해서 모르는 것이 없다고 자부했었다. 어릴 땐 친오빠인 이창희보다도 자신을 더 따랐던 아이였다. 같이 놀아달라고 졸라댔고, 학교에서 있었던 일을 쉴 새 없이 조잘댔다. 귀여웠던 소녀가 어느 순간 여자로 바뀌었다. 그것도 자꾸 생각나는 여자.

자꾸 생각나는 걸 인정한 후부터는 그녀에 대한 모든 것이 궁금해졌다. 그녀에 대해 알면 알수록 모르는 것이 자꾸 생겨난다는 것도 깨달았다. 그가 아는 채신은 단순한 변덕이나 감정싸움 따위로 그럴 여자가 절대 아니다.

뭔가 사정이 있겠지. 세상에 사연 없고 비밀 없는 사람이 어디 있겠나. 더구나 시시콜콜 들춰내서 좋을 게 뭐 있겠나. 툭 건드리면 사라져 버릴 것 같은 채신을 위해 억지로 지어낸 연애관이었다.

스스로 만들어낸 변명과 위로에도 불구하고 지독히 맥 빠지는 순간이었다. 솔직히, 하늘 높이 떠올랐다가 거꾸로 처박힌 기분이다.

"그럼. 당연히 그래도 되지. 놔둔다고 썩는 것도 아니고 말이야. 괜찮아. 괜찮아. 신경 쓰지 마. 근데, 이건 일단 가져가서 보관할 거지? 응? 아하하하."

마른 침 삼키며 뱉은 말이 쓸데없이 길어지고 별쭝맞은 웃음까지 늘어졌다. 채신은 밀랍 같은 미소와 함께 고개를 끄덕였다. 채신의 미소를 보며 우재는 또 호탕하게 웃었다. 억지로 흔든 뱃가죽이 주책없게 출렁거린다. 우재는 주문한 음식이 나올 때까지 저도 모를 소리를 지껄여댔다.

회색 조끼 웨이터가 스테이크 접시를 놓기 시작하자 힐끔대던 건너 테이블 여자들이 자리에서 부스스 일어난다. 그냥 나가줬으면 싶은데, 저것들은 또 안쓰러워 죽겠다는 시선을 차례대로 던지며 나간다.

"이 집은 주문 제작한 고기를 쓴대."

우재 목소리가 어색하게 커졌다. 침묵을 없애려 짜낸 목소리가 너무 커서 우재도 얼른 목소리를 낮췄다.

"배양 공정을 두 단계나 더 거친 거래. 마블링 죽이지?"

접시에 놓인 스테이크를 썰어주며 우재가 또 웃는다. 채신도 웃었다. 웃을수록 눈 밑이 축축해져 채신은 고개를 돌려 눈을 깜박였다. 우재가 썰어준 고기 한 점을 입에 넣으며 한층 높은 어조로 대꾸해줬다.

"맛있어요."

"맞지? 내가 음식점 하나는 잘 고른다니까."

"진짜 부드러워요."

우재는 채신의 관심마저 반가운 기색이다.

"일반인은 잘 모르는데 말이야. 이건 숙성 공정이 추가된 거야. 숙성하면서 투입된 모스만 세 종류가 넘는다고 하더라. 완전 프리미엄이야. 모스 연구소에서 대박 터뜨린 거지."

서늘한 기운이 채신의 얼굴에 스민다. 원치 않는 기억이 떠올라 그러잖아도 간당거리던 표정이 허물어졌다.

"합성 미생물 말이군요."

"뭘 그리 징그럽게 말해. 듣는 모스 섭섭하게. 저 한 몸 바쳐

육질 개선에 이바지했는데 말이야."

채신의 턱이 기계적으로 움직인다. 무슨 이유인지 몰라도 후각마저 예민해지기 시작했다. 하필 지금…… 숨어 있던 냄새들이 눈앞에 떠올라 유영한다. 투명한 공간에 색실이 나울거리고, 실낱마다 전혀 다른 맛이 되어 콧속으로 빨려든다.

채신은 코를 벌름거리지 않으려 애를 썼다. 그럴수록 얼굴이 일그러진다. 얼마나 흉하게 변했을지 거울을 보지 않아도 알 것 같다. 차마, 마주 볼 수 없어 고기 담긴 접시만 내려 봤다. 새어 나오는 울음 때문에 채 씹지 못한 고기 조각들을 저도 모르게 삼켜버린다.

"데이트하고 오냐?"

소파에 누워 TV를 시청하던 오빠가 돌아보며 묻는다. 채신은 아무 대꾸 없이 거실을 가로질렀다. 연이어 방문 걸어 잠그는 소리가 나자 창희는 저게 또 무슨 심통이 났구먼. 이렇게 중얼거리며 배와 옆구리를 연달아 긁는다.

채신은 화장대 의자에 털썩 앉았다. 에나멜 핸드백을 어깨에 걸친 그대로였다. 거울 속엔 낯선 사람이 앉아있다. 평상시엔 멀쩡하다가 느닷없이 흉한 얼굴로 변하는 여자다. 욕망을 탐지하려 뱀처럼 늘어진 코, 갈증으로 실룩대는 입술, 후회를 진물처럼 흘려대는 눈.

환멸스런 얼굴 뒤로 우재의 헐거운 미소가 나타난다. 채신은 가슴이 아려서 숨을 흑흑 들이켰다. 우재 오빠가 없는 삶은 생각해 보지도 않았었다. 지금까지 함께했고 앞으로도 함께 할 것으로 믿었던 사람. 그렇게 한결같던 우재 오빠가 갑자기 희미해져 버렸다. 망각의 저주에 빠진 연인처럼…… 채신은 이런 자신을 이해할 수 없었다.

우재가 영도 집으로 왔을 때 채신은 초등학교 3학년이었다. 몸피보다 큰 교복을 걸치고 우두커니 선 모습을 지금도 기억한다. 아빠는 앞으로 함께 살게 되었으니 사이좋게 지내라는 말만 했다. 엄마는 한숨을 내쉬었고, 옆에 앉은 창희 오빠는 탄성을 내질렀다.

"우와, 강우재! 우리랑 같이 사는 거야?"

정말로 함께 살게 되었다. 우재는 창희 오빠와 같은 중학교에 입학했다. 저밖에 몰라 툭하면 윽박지르는 친오빠보다 훨씬 좋은 오빠였다. 아니, 오빠라는 사람과 비교할 수가 없었다. 그냥 좋았다. 농구를 잘했고 가끔은 시도 읽어줬다. 공부는 더 잘했다. 무엇보다 채신에게 다정했다. 공깃돌 놀이도 우재 오빠에게 배웠다.

우재 오빠는 문방구에서 파는 육각 플라스틱 돌을 휘휘 돌리며 남해 범섬에 살 때도 공기놀이를 했다고 했다.

"진짜 돌로 하면 훨씬 더 어려워. 반들반들한 돌끼리 부딪혀 튕겨 나가기 쉽거든. 선착장 옆에 예쁜 돌이 진짜 많아. 이만큼 쌓아놓고 놀았어. 범섬 고구마가 얼마나 단줄 알아? 여름엔 은하

수도 보여."

우재 오빠는 너 은하수 본적이 있어? 라고 물었고, 채신은 고개를 저었다. 오빠는 나중에 내가 꼭 보여줄게. 라고 말해주고는 어떤 장면을 떠올렸는지 눈동자를 왼쪽으로 올리며 웃었다. 그때의 표정을 지금도 기억한다. 그건 분명, 나중에 어른이 되면 꼭 너와 결혼할 거야. 라는 다짐이었다.

대학을 졸업하고 바이에덴사에 취직할 때까지 영도 집에서 함께 살았다. 함께 지내는 동안엔 친자식보다 더 살뜰했다. 방학 때는 아빠가 하는 선박용품 작업장에서 어구 제작하는 일을 도왔다. 눈썰미가 있어 창희 오빠는 손도 못 대는 일도 곧잘 쳐냈다.

우재 오빠는 우리 가족에게 조금이라도 보탬이 되려고 애쓰는 것 같았다. 하지만, 오히려 늘 미안해한 사람은 아빠였다. 왜 그랬는지 어릴 때는 몰랐었다. 그 이유는 한참 시간이 지나 창희 오빠에게서 들었다.

"넌 영도 집에서만 살아서 모를 거다. 아빠랑 우재 아빠랑 친구였잖아. 우리 배를 우재 아빠가 몰았고…… 근데, 우재 아빠 사고 난 게 우리 아빠 탓도 있었나 봐. 아빤 절대 이유를 말 안 하지만……."

그래서 아빠는 뭍으로 데려가 대학까지 책임지겠다고 우재 어머니께 약속했다고 한다. 뭔가 마음의 빚이 있는 건 분명했다.

창희 오빠는 늘 바깥으로 나돌았다. 학생 시위대로, 혹은 시민

단체에 가입하여 구호를 외치고 다녔다. 항상 분주하면서 푸념이 많은 사람이었다. 고집도 세어서 차라리 뒤통수에다가 얘기하는 게 나을 때가 있었다.

그럴수록 우재 오빠가 돋보였다. 자꾸만 눈에 담기던 사람이 마음 한쪽에 자리 잡기 시작했고, 순식간에 전부가 되어버렸다. 그에겐 예쁜 모습만 보여주고 싶었다. 같은 국립대에 입학했을 때도, 에덴스피어 참가자로 선정되었을 때에도, 우재 오빠에게 자랑할 수 있겠다는 기쁨이 가장 컸었다.

우재 오빠는 아무것도 모른다. 회오리바람이 돌기 시작하면 이성 따위는 처참하게 날아가고, 잔해로 남는 것은 죄책감뿐이라는 걸 모른다. 우재 오빠는 그저 예전의 나만을 사랑하고 있다. 그래도 기뻤다. 손꼽아 기다렸던 기쁘기 그지없는 청혼이었다. 그 기쁨에 자칫, 함께 행복해질 수 있으리라 기대할 뻔했다. 절대로 착각해서는 안 된다. 우재 오빠 마음을 갈가리 찢어놓을 게 분명했기 때문이다.

채신은 결국 화장대에 엎드려 어깨를 들썩였다. 아무 생각 없이 그냥 행복만 누리고 싶다. 거위처럼 꺽꺽대는 소리가 흐트러진 머리칼 사이로 새어 나왔다. 화장대 위에 놓인 채신의 휴대전화가 부릉, 진동하며 또 하나의 문자가 전송되었음을 알렸다.

〈web발신〉

사람의 몸은 약 110조 개의 세포 조각들로 구성되어있다. 그 세포 조각의 약 90%는 세균이다. 기껏 10%의 세포로 인간의 형상을 이루는 것이다. 고약한 것은 인간 세포만으로는 생명을 유지할 수 없다는 것이다. 인간은 세균, 바이러스, 곰팡이, 기생충들과의 복합체이다. 따라서 인간은 자신을 '나'라고 불러서는 안 된다. '우리'라고 말해야 한다.

일찍이, 예언가 니체는 말했다.

"너희 가운데 더없이 지혜로운 자라 할지라도 역시 식물과 유령의 불화이자 튀기에 불과하다."

— 『위버멘쉬 해설서』 발췌. 곽경식 교수

통증의 시작

아침에 눈을 뜨자마자 통증부터 느꼈다. 요 며칠 시험 기간이라 특강을 늘였던 탓일까. 온몸에 열이 나고, 관절 마디 전부가 아팠다. 무엇보다 급한 것은 말하기 힘들 정도로 부은 목이었다. 오후 강의라도 하려면 목부터 가라앉혀야 했다.

동네 가까운 이비인후과를 찾아갔지만, 문이 닫혀 있었다. 채신은 유리문 너머를 기웃대다가 문 앞에 쪼그려 앉았다. 다리에 힘이 풀려 다른 병원까지 갈 엄두가 나지 않는다. 이렇게 유난스러운 몸살은 처음이었다. 맥 빠진 환자는 채신뿐만이 아니었다. 아픈 기색이 완연한 남자가 헐떡이며 오더니 닫힌 문을 왈그락대며 흔들어댔다.

"여기도 닫혔네. 대체 오늘이 무슨 날인데 죄다 문을 닫았지?"

이마에 맺힌 땀을 닦던 채신이 미안한 표정으로 고개를 가로

저었다.

채신은 계단을 내려오다 힘겹게 올라오는 두 명의 중년 여자와 마주쳤다. 문이 닫혔다고 알려주자 욕설 같은 탄식을 뱉는다. 두 사람은 몇 마디 의견교환만으로 더 큰 병원으로 이동하는 것에 합의했다. 특히 말할 때마다 금니를 비추던 여자는 환자끼리도 동지애를 발휘할 수 있다고 믿는 듯했다. 택시를 부르고 자리가 남는다며 끝내 채신까지 부추겨 병원에 가도록 만들었다.

병원에 도착한 채신의 눈이 휘둥그레졌다. 접수 데스크는 물론이며 주차장까지 환자들로 넘쳐났다. 어리둥절한 사람은 채신만이 아니었다. 너도나도 이게 웬일인가 하는 표정이다.

채신은 접수 대기표를 받고 주차장 경계석에 앉았다. 로비에서 기다리기엔 사람이 너무 많았다. 얼마나 기다려야 할까. 얼른 집으로 돌아가 눕고 싶은 마음만 간절하다.

"우짜겠노. 기다렸다가 처방전이라도 받아야지. 아이고, 죽겠네."

채신 옆에 철퍽 앉는 금니 아줌마 목소리다. 알고 보니 금니 아줌마는 호피 무늬 여자와 출입구 앞에서 처음 만난 사이였다. 하지만 두 사람의 대화는 십년지기처럼 스스럼이 없다. 자꾸 벌어지는 호피 조끼를 연신 여미던 여자는 '아이고'를 야단스럽게 끼워 넣으면서 하고픈 말은 다 했다.

"아이고, 난리 났네. 이거, 그 뭐시고 코로나가 또 퍼졌는 갑다."

"온 동네 다 퍼졌던데? 들도 보도 못한 새로운 전염병 아이가?"

금니 아줌마가 덜컥 겁을 내자 호피 아줌마는 한술 더 뜬다.

"아이고, 꾸무적거리다간 약도 못 묵고 죽는데이."

두 여자의 호들갑만이 아니었다. 오가는 사람들이 수군대는 말도 들렸다. 지독한 감염병이 퍼졌다. 독감이나 코로나보다 훨씬 더 심한 것 같다. 끼리끼리 모여 추측하며 숙덕대는 말이었다.

연신 몸을 긁어대거나, 다리를 쩔뚝이는 사람. 구토로 웩웩대다가 기침을 해대는 등 다양한 환자들이었지만, 공통적인 증상이 있었다. 채신처럼 고열과 관절의 통증을 호소하는 사람이 가장 많았다.

채신은 결국 강의를 중단했다. 쉰 소리조차 제대로 나오지 않았다. 학생들에게 자습을 시켜놓고 원장실 문을 두드렸다. 좀 늦겠다던 친구와 토익 기초반 강 선생은 결국 출근하지 않았다.

조퇴하고 주말에 보강해주겠다는 채신의 말에 원장은 기가 막힌다는 얼굴로 쏘아붙였다. 산전수전 다 겪고 어학원 운영만 20년인데, 이런 경우는 또 처음이다. 한 타임, 한 타임이 다 돈인 줄 몰랐나? 이름값 믿고 학생들 몰아줬는데 참, 염치가 없다. 자기는 어디 몸이 멀쩡해서 여기 앉아있는 줄 아느냐는 말과 함께 볼펜으로 책상을 두드렸다.

딴엔, 틀린 말도 아니었다. 원장 얼굴엔 벌겋게 열꽃이 피었고, 속사포처럼 뱉어내는 타박 사이에 끙끙 앓는 소리가 섞여 있다. 채신은 원장의 핏발선 눈을 도저히 감당할 수 없었다. 힘겹게 몸을 돌려 다시 강의실로 향했다. 신기한 것은 쓰러질 것 같았던 몸이 어떻게든 기신기신 움직여줬다는 것이다. 겨우 강의를 마친 채신은 씻는 둥 마는 둥 하고는 그대로 쓰러져 잠들었다.

식은땀에 허우적대는 꿈자리였다. 끈끈한 줄에 감겨 사지가 뒤틀리는 꿈. 안간힘으로 버둥대며 소리치다가 퍼뜩 눈을 떴다.

"아, 미안, 방에서 이상한 소리가 들리기에…… 무서운 꿈 꿨어?"

우재 오빠였다. 이번 주 내내 어색한 전화통화만 했었는데, 막상 얼굴을 보니 주책없이 반갑다.

"회사는 어쩌고 여길 왔어요?"

"오늘 하루 연차야."

문득, 엉망인 얼굴로 누워있다는 생각이 들어 힘겹게 몸을 일으켰다.

"괜찮아. 누워있어."

우재가 흐트러진 머리카락을 쓸어주려 하자, 채신은 이불을 뒤집어써 버린다. 학원에 출근하고 난 뒤로 제법 변화가 있었다. 심한 몸살처럼 뼈마디가 쑤신 것과 별개로 후각이 정상적으로 돌아왔다. 지난 보름 동안 계속 안정적이었다. 가끔 예민해지긴 했어도 예전과 비교할 바는 아니었다. 온몸을 휘감았던 알 수 없는 갈증도 마찬가지였다.

동시에, 우재에 대한 감정이 되살아나기 시작했다. 신기한 현상이었다. 그에 대한 감정이 차오를수록 그동안 우재에게 했던 행동들이 부끄럽게 돌아난다. 채신은 이불 속에서 눈만 내놓고 물었다.

"오빠는요?"

"창희? 좀 전에 무슨 강연 듣는다며 나갔어."

우재가 제 가방에 손을 넣어 부스럭대더니 뭔가를 자꾸 끄집어낸다. 햄버거, 음료수, 약봉지까지 줄줄이 나온다. 약이 떨어졌는데, 환자들로 미어터지는 병원에 갈 엄두가 나지 않는다는 채신과의 통화에 몸 둘 바 몰라 했던 우재였다.

"야하, 진짜 난리가 났더라. 병원 말이야."

"어마? 약을 어떻게 받았어요?"

"힘 좀 썼지."

"아무한테나 처방하는 돌팔이 아녜요?"

"내 이름으로 접수해서 니 증상 이야기하고 한 번만 봐 달라고 했지."

우재는 조금 덜떨어진 얼굴로 히죽 웃으며 햄버거를 내밀었다.

"뭘 좀 먹어야 약을 먹지."

순한 소처럼 끔벅거리는 우재 눈이 하염없이 깊다. 채신은 토막토막 느껴지는 따스한 시선에 고개를 떨어뜨렸다. 한동안 잃어

버렸던 묘한 감정이다. 채신은 말없이 햄버거를 씹는 것으로 몽롱한 기분을 얼버무렸다.

채신은 금방 잠이 들었다. 밤새 끙끙 앓았던 탓이다. 잠든 것만 보고 가겠다던 우재는 자리를 뜨지 않았다. 시종 덤덤한 낯빛으로 채신을 대했지만, 사실 뉴스에서는 난리였다.

채신과 비슷한 증상의 환자들이 폭증하고 있었다. 지난주부터 갑작스레 일어난 변괴였다. 발병자 추세는 병원에서 감당하기 힘들 정도였다. 뉴스에서는 한국뿐만 아니라 미국, 유럽, 중국 등지에서도 발생하고 있다고 떠들어댔다. 질병관리본부에서 긴급 역학조사에 돌입했다는 멘트 끝에 공항 입국자 체온을 검사하는 장면도 나왔다.

아무리 생각해 봐도 이건 평범한 전염병이 아니다. TV에서는 '코로나'나 유행성 독감이 아니라 '루푸스'라는 자가면역질환에 가깝다는 의사 인터뷰를 방영했다. 신뢰가 가지 않는 말이었다. 창희가 외출하기 전에 던졌던 말에도 일리가 있다. 소파에 앉아 뉴스를 보던 창희는 말도 안 된다는 투로 입술 옆으로 바람을 픽픽 흘려댔었다.

"면역질환이 전염병이야? 응? 아토피가 전염되는 거냐고? 아니, 말이 되는 소릴 해야지."

우재는 채신의 얼굴을 숨죽여 살폈다. '루프스'라는 병은 얼굴에 나비 모양의 발진이 생긴다고 했다. 채신에게는 그런 증상이 없다. 대신, 베갯잇에 묻어날 만치 많이 빠진 머리카락이 눈에 띈다.

엉클어진 머리칼에 살짝 상기된 뺨과 입술. 입술을 물끄러미 내려 보니 기분이 야릇하다. 열에 들뜬 입술은 붉고 선명했다. 우재는 얼굴을 슬그머니 가까이 대다가 제풀에 놀라 화들짝 자세를 고쳤다. 그래놓고 겸연쩍게 방을 휘둘러보기까지 한다.

단조로운 방이었다. 미니 화장대와 두 칸의 옷장, 그리고 제법 많은 책으로 채워진 책장이 방 대부분을 차지했다. 책장 두 번째 칸에서 우재의 눈이 반짝인다. 중학교 입학 선물로 사줬던 라바 인형이 아직도 책 사이에 놓여 있다.

기울어진 책들을 바싹 붙여 공간을 더 넓혀줬다. 넓어진 자리에 엘로우와 핑크 인형을 서로 마주 보게 앉혔다. 두 인형을 빤히 쳐다보다가 엘로우 인형을 핑크 인형 입에 맞춰 비비적거린다. 게슴츠레한 눈으로 히죽거리는데 왼편의 책들이 와락 쓰러졌다. 채신이 깰까 싶어 입술을 감물고 책을 돌려세우다가 움직임을 멈췄다.

바이에덴사 로고가 찍혀있고, 겉표지에는 '에덴스피어'라고 인쇄된 수첩이었다. 일반 직원에게 배부하는 다이어리와는 아주 달랐다. 우재는 침대 쪽 동정을 살피며 슬쩍 표지를 넘겼다. 반듯한 글씨로 이름이 쓰여 있다. 그 뒤부터는 에덴스피어 실험에 따른 업무 요령과 그날그날 부여된 임무가 기록되어있다.

우재는 숨을 죽이고 채신을 돌아봤다. 금방이라도 눈을 뜨고 뭐 하는 짓이냐고 소리칠 것 같다. 늘 궁금하게 생각했던 부분이었다. 에덴스피어 실험 참가 이후로 채신이 너무 많이 변했다. 지난 일이 힘들었을수록 흥미롭게 이야기할 수 있는 것 아닌가. 채신은 아예 입을 닫아버렸다. 심지어는 에덴스피어에 관해서는 언급하는 것조차 거부했다.

날짜별로 기록된 내용은 다양했다. 그날의 중요한 지시사항이 메모 되었고, 잡다한 신변잡기가 낙서처럼 쓰여 있기도 했다.

11월 31일 CO_2 : 1056ppm

1. 엽록소 필터 교체. (오전까지 완료)

2. 오늘 13:30 채널 웰빙 인터뷰. (배정욱)

3. 16:00부터 E21~35 배양기 모스 투입 지원 작업. 식사 당번 제외. (한재광)

(E21~30 트레마볼모나스(이세환), E31~35 톡소바이오틱스. (이채신))

4. 소장님 지시사항

·고구마 발효시켜 술 만드는 행위. 적발 즉시 퇴소.

·23:00 에덴스피어 대기 10% 교체예정. CO_2 농도 체크하고 비밀엄수.

E12 배양육. 맛이 똥맛. 우웩. smile. smile.

벌써 반이나 넘겼다. 이채신 파이팅!!

채신의 성격답게 수첩에 기록된 내용은 정갈하고 꼼꼼했다. 설렁설렁 수첩을 넘겨보던 우재가 눈살을 돋우었다. 날려 쓴 글씨 때문이기도 하지만, 내용이 뭔가 심상찮았다.

2월 19일 CO_2 : 889ppm

1. 배양기 세척 및 소독 작업. (이시우, 김동희, 한재광)
2. 계속 근무 신청자 소장 면담(14:00부터) 해당 없음.
3. 모스별 배양육 평가서 정리해서 제출. (지난주 미제출자)

냄새로도 세상을 볼 수 있다는 것을 처음 알았다. 내 후각 기능이 뭔가 이상하다. 무섭다.

2월 25일 CO_2 : 910ppm

냄새 파티……
누가 날 절구통에 넣고 짓이겨 줬으면 좋겠다.

매일 기록되던 수첩 내용이 그날 이후부터는 뒤죽박죽이었다. 우재는 조용히 수첩을 덮었다. 억눌렀던 의문이 험상궂게 변해 꼬리에 꼬리를 문다. 채신에게 무슨 일이 있었을까? 냄새? 무슨

냄새? 혹시, 나쁜 일을 당했던 것일까? 채신에게 드리워있던 그
늘이 단순한 실험 후유증이 아닐지도 모른다.

머리칼을 흩트리고 입을 약간 벌린 채 잠든 채신이 눈에 들어
온다. 우재는 다시 생각했다. 뭔가 좋지 않은 일을 당했을까? 채
신에게 물어본다면 어떤 식으로 물어봐야 할까. 아니면, 조용히
다른 경로로 알아봐야 할까.

제발, 별일이 아니었으면 좋겠다. 그 일이 무엇이었든, 지금의
채신보다 더 중요한 건 없다. 그간 별별 상상을 다 했었지만, 처
음으로 채신의 입에서 튀어나올 말이 두렵게 느껴졌다. 갑작스럽
게 울리는 문자 알람에 우재는 얼른 수첩을 책장에 꽂았다.

⟨web발신⟩

나는 언제나 너와 교환되었었다. 내가 뱉은 한 모금 공기가 너의 폐 속으
로 들어가 '너'가 되고, '너'의 것이 내 몸속으로 들어와 '나'가 된다. 우리는
너와 나를 섭취하여 늘 새로운 세계를 만들어왔다.

일찍이, 예언가 니체는 말했다.

"형제여, 너의 생각과 느낌 배후에는 더욱 강력한 명령자, 알려지지 않
은 현자가 있다. 이름하여, '나'가 그것이다. 이 '나'는 너의 신체 속에 살
고 있다."

-『위버멘쉬 해설서』 발췌. 곽경식 교수

자가면역질환

도로가 한산했다. 청신호 한 번으로 8차선 도로가 깨끗이 비워졌다. 최소한 신호 두 번은 받아야 통과할 수 있었던 서면 교차로였다. 우재는 지하철을 이용하려던 생각을 바꿨다. 도로상황이 이렇다면 직행버스를 타도 충분히 출근 시간을 맞출 수 있을 것 같다.

출근하겠다고 나오긴 했지만, 모든 것이 엉망이고 소름 돋는 상황이다. 좀 전에도 지하철 출입구 앞에서 풀썩 쓰러지는 남자를 봤다. 환승하기 위해 버스에서 같이 내렸던 남자였다. 모두가 환자들이다. 조금만 눈을 돌려도 통증으로 일그러진 얼굴을 구분할 수 있다. 몸이 아파도 쉴 수 없는 사람들, 그들은 어떤 의무감으로 아픈 몸을 움직이는 것일까.

그러고 보니 마스크를 쓰지 않은 사람은 자신뿐인 것 같다. 뉴

스에서는 루프스라는 자가면역질환과 유사한 질병이 창궐했다고
했다. 공기든 뭐든 매개를 통해 전파되는 전염병은 아니라고 했
다. 그 말을 믿는 사람이 몇이나 될까? 소위 전문가들의 인터뷰
와 소견은 무수히 쏟아졌다. 하지만 병명을 명확히 밝혀낸 사람
은 없었다. 그냥 루프스와 유사한 증상의 질병이며 현재 집중적
으로 조사 중이라고 말할 뿐이다. 덕분에 외출할 때의 필수품은
마스크가 되었다. 우재도 더럭 겁이 난다. 뭘 믿고 이런 무방비
상태로 돌아다녔단 말인가.

비니모자를 쓴 청년이 천천히 허리를 굽히더니 보도블록 위에
쪼그려 앉는다. 필수품 하나가 더 있다. 뭉텅뭉텅 빠진 머리를 숨
기기 위한 모자. 탈모는 남자와 여자를 가리지 않는 증상이었다.
우재는 문을 걸어 잠근 채신이 걱정되었다. 쳐다보기 민망할 정
도로 탈모가 심한 채신을 떠올리니 더욱 우울해진다.

우재는 한숨 대신에 크게 심호흡하며 고개를 들었다. 먼산바
라기 하듯 올려본 눈길에 금융 빌딩 옥상에 설치된 디지털 전광
판이 들어온다. 한때 자랑스럽게 여겼던 광고 동영상이다. 조류
인플루엔자, 구제역으로 돼지, 닭들이 도살 폐기되는 영상에 이
어 '이젠 아닙니다'라는 문구가 화면 가득 채워진다. 컨베이어벨
트 위로 툭툭 떨어지는 배양육, 핏기도 가시지 않은 스테이크를
맛나게 먹는 여배우의 우아한 포크도 클로즈업된다.

우재는 휴대전화를 열어 시간을 확인하고 도로 쪽으로 고개를

내밀었다. 배차 간격이 20분인 걸로 알고 있는데 버스가 늦다. 왜 이리 늦지? 하고 생각하는 동시에 크게 착각했음을 깨달았다. 전부 앓아누운 상황에 버스 운전사라고 괜찮을 리가 있나. 방금 타고 온 버스도 운 좋게 탑승했던 게 분명하다.

교복 입은 여학생이 입을 벌린 채 전광판을 올려본다. '속보'라는 자막이 뜨고 갈색 점퍼 차림의 보건복지부 장관이 심각한 얼굴로 입을 벙긋거린다. 화면 하단에는 국내 발병자 2백만 명, 사망자 4,102명이라는 큼지막한 자막이 떠 있다. 기저질환이 있는 노약자가 특히 위험, 발병 원인 파악 중, 긴급대책 TF 구성이라는 자막이 연이어 흘러간다. 어제 다르고 오늘이 다르다. 상황이 급격히 나빠지고 있었다.

회사 분위기도 뒤숭숭했다. 본관 4층에서 내려다보이는 에덴스피어 주차장이 휑하게 비었다. 여느 때라면 노란 모자 유치원생이 버스에서 줄지어 내리고, 노인들을 태운 관광버스가 주차할 곳을 찾지 못해 전 후진을 반복하고 있어야 할 터였다. 주차난이 심했던 직원용 주차장도 여유로웠다. 차량 5부제를 착실히 이행한 자신만 바보가 된 느낌이다.

출근하지 못한 직원이 너무 많은 탓이다. 지금은 본 설비가 가동되고 있지만, 생산라인 축소는 시간문제였다. 하루 수백 톤씩 생산되는 배양육 처리도 문제였다. 팔리든 팔리지 않든 붕어빵처럼 찍어낸 제품이 컨베이어벨트를 통해 끊임없이 밀려 나왔다.

우재는 본의 아니게 물류 팀으로 차출되었다. 물류 팀은 거의 전멸이다시피 결원이 많았다. 희한하게도 우재가 소속된 배양 8팀은 단 한 명의 결원도 없다. 18명으로 구성된 배양 8팀은 의료용 조직 전담부서였다. 이식용 각막이나 수정체, 피부조직 등 부가가치가 높은 업무에 자부심도 남다른 팀이었다.

얼마 전엔 우수 부서로 선정되어 전원 특별 상여금을 챙기기도 했다. 상여금과는 별도로 최고급 배양육으로 거나하게 회식도 했었다. 물론, 시제품을 테스트할 목적이었겠지만, 비싼 가격으로 책정될 최고급 배양육을 실컷 맛보는 기회는 흔치 않았다. 최고의 육질과 감칠맛에 감동한 직원들은 기꺼이 AAA로 체크한 맛 평가서를 제출했었다.

전동지게차가 옮기지 못한 30kg 박스를 팔레트에 옮겨 놓자마자 휴대전화가 울린다. 남해 고향 집의 필구 아저씨였다. 땀에 젖은 우재 얼굴이 대번에 굳어졌다.

서부산 요금소를 지날 무렵 다시 전화가 울렸다. 어머니를 남해병원으로 옮겼다는 내용이다. 필구 아저씨 목소리는 쉰듯하면서도 가팔랐다. 남해대교를 건널 무렵 또 전화가 왔다. 전화 속 목소리가 무겁게 가라앉아 있다. 이번에는 어디까지 왔느냐고 묻는다. 남해대교를 건너고 있다고 하니 조심해서 운전하라고만 한다. 조심하라는 말끝의 탄식이 뇌성처럼 울려 가슴이 철렁 내려앉는다. 가속페달을 밟는 다리가 덜덜 떨려 자동차가 몇 번이나 휘청거렸다.

병원 입구에서 필구 아저씨를 한눈에 알아봤다. 쪼그려 앉아 담배를 피우던 아저씨는 우는 듯, 웃는 듯한 표정을 지어 보이며 담배를 비벼 끈다.

"왔나?"

"으째 나와 계십니꺼? 엄마는요?"

"아이고, 우재야 우짜든동 마음 단단히 묵어라. 간호사가 자리를 옮기야 된다카는데, 지금 아들이 급하게 오고 있으이, 쪼매만 기다리라 해 났다."

횡설수설하는 아저씨 말투만으로도 울음이 터져 나올 것 같다. 하지만 우재는 악착같이 부인했다.

"아이고, 응급실로 바로 가면 되는데, 말라꼬 기다립니꺼?"

넓지 않은 응급실은 시장처럼 번잡했다. 침대에 누운 사람, 바닥에 주저앉은 사람, 벽에 기대 신음을 삼키고 있는 사람, 온통 환자들이었다. 의사들은 흰 가운을 펄럭이며 침대 사이를 오가고, 보호자들은 의사를 향해 서로 빨리 와 달라고 애원하고 있다.

어머니는 얼른 보이지 않고, 머리카락을 누가 밟아 놓은 것 같이 엉킨 사내가 먼저 눈에 띈다. 고향 친구 상철이었다. 그는 간호사에게 손가락 하나를 세우며 일 분만, 일 분만, 이라고 사정하고 있다. 그 앞 침상에 덮인 하얀 시트. 달려가는 우재 발걸음이 넘어질 듯 위태로웠다.

"엄마? 엄마? 왜 이렇게 덮어쓰고?"

소름이 돋아 오른 우재의 팔이 시트를 젖힌다. 어머니였다. 듬성듬성한 머리칼에 눈썹마저 빠져버린 어머니였지만 잠든 듯 평온한 얼굴이었다. 상철이가 우재의 팔뚝을 쓸어주며 말했다.

"영안실로 옮겨야 한다고 하는걸, 좀만 기다려 달라캤다 아이가."

아래로 내려 보는 우재의 눈이 흐려졌다. 현기증이 일고, 세상이 하얗게 탈색되었다. 이건 현실이 아니다. 금방이라도 등짝을 치며 우리 우재 왔나? 하고 웃어줄 얼굴이었다. 어머니 어깨를 흔들던 우재의 손을 필구 아저씨가 붙잡았다.

"우짜겠노. 너거 어무이가 너무 허무하게 숨을 놔 뿌릿다."

지금은 무슨 말이든 심장을 옥죌 뿐이다. 억지로라도 부산으로 모셔올 것을 하는 후회부터, 안부 전화 몇 통으로 안심해버렸다는 자책이 숨 막히도록 가슴을 후볐다.

우재는 시트 안으로 손을 넣어 어머니 손을 잡았다. 거칠고 마디 굵은 손가락에 아직도 온기가 남아 있다. 우재 입술이 일그러지더니 울음이 새어 나오기 시작했다. 한탄과 신음이 뒤엉킨 울음은 이내 응급실의 풍경과 뒤섞였다.

미조 선착장엔 상철이가 발동선을 띄워놓고 기다리고 있었다. 우재는 어머니 유골함을 안고 배에 올랐다. 배가 방향을 돌려 속력을 더하기 시작하자 기름 흔적이 남은 상철이의 셔츠가 펄럭인다. 멀리, 상철과 함께 다녔던 분교가 있는 조도가 보이고, 그 앞으로 범섬의 거무죽죽한 바위 숲이 어른거린다. 우재는 비로소 고향 친구에게 인사말을 던진다.

"욕봤제? 고맙다."

"무슨…… 우리 어무이나 마찬가지다."

상철이가 허옇게 부르튼 입술을 핥는다. 그러고 보니 상철이나 필구 아저씨도 정상이 아니다.

"몸은 괜찮나?"

"딱, 죽지 않을 만치 아프다. 우리 같은 촌놈이 뭐 있나. 묵고 살라믄 움직이야지. 안 그렇나? 에나, 우리 아부지가 걱정이제."

"아제도 편찮나?"

"아프지. 범섬 사람들 다 앓고 있다. 그라이 내가 따라 나왔다 아이가……."

우재는 품에 안은 유골함을 내려 봤다. 상철이도 당연히 아제를 챙긴다 싶으니 수천 개 바늘이 맨몸에 꽂히는 느낌이다. 몰랐다고 우기고 싶었다. 며칠 전, 전화통화 했을 때만 해도 어머닌 괜찮았었다고.

어머니가 전화했었다. 밥은 묵었나? 집에 한 번 안 오나? 예, 회사 일이 좀 바쁘거든요. 상황 봐서 이번 주말에 내려갈게요. 그간, 몇 주째 똑같은 대답이었음을 우재는 비로소 기억해냈다. 엄마는 이미 죽어가고 있었다.

"노인들은 손도 못 써보고 죽는 판이다. 성태알제? 아, 니는 잘 모르겠네. 종민이 행님 네 살짜리 아들. 얼라들은 잘 안 죽는다 카드마는 갸도 메칠전에 죽었삣다. 우리 섬에 하나 있던 얼라도 죽어나가이, 무시버서 살겠나 싶다. 근데, 우재야. 사태가 우째 돌아가는지 니는 좀 아나? 이 지랄 같은 병이 뭐 묵을꺼 있다고 이 섬 구석까지 퍼진 기고? 전염병이가? 아이믄 뭐를 잘못 묵어서 그런 긴가? 응? 기냥 앉아서 다 죽어야 되는 기가? 응? 우재야. 부산에 있으믄 듣는기 좀 있을 거 아이가?"

상철은 넋두리인지, 질문인지 갈피 없는 소리를 쏟아내고, 웅크린 새처럼 유골함을 껴안은 우재는 조용히 고개만 저었다. 그의 시선은 애달프게 다가오는 섬 하나에 꽂혀 있다. 짤막한 방파제가 유일한 범섬의 작은 선착장이었다.

우재는 어머니를 안고 십여 가구에 불과한 마을을 천천히 돌았다. 발걸음 소리가 유난히 크게 들릴 정도로 조용한 마을이었다. 적막에 반쯤 잠긴 마을. 그나마 우재의 인기척이 괴괴한 마을을 깨운 셈이다. 내일 죽는다 해도 이상하지 않을 눈자위 꺼진 늙은이 두엇이 쩔뚝이며 다가와 우재야. 우짜겠노. 하며 등을 쓸어준다. 뭍에 가서 공부한다고 할 때 하다못해 삶은 고구마라도 싸주시던 어른들이었다.

마을 뒤편 고구마밭에 한 줌 뼛가루를 뿌렸다. 엄마의 보살핌

72

으로 자리 잡은 고구마 모종은 꼭지마다 탐스러운 잎을 내밀고 있었다. 우재는 잎 위에 묻은 하얀 가루를 손으로 털어냈다. 비가 오면, 그리고 가을이 오면 엄마의 일부가 고구마로 변해 있을 것이다. 우재는 추석 전에 꼭 고구마를 캐러 와야겠다고 생각했다. 캐낸 고구마를 쌓아놓고 야금야금 혼자서 다 먹겠다는 생각도 했다.

겹겹이 개간된 천수답을 가로질러 섬 뒤쪽으로 내려갔다. 날카로운 바위를 디디고 갯바위의 끝까지 걸었다. 파도는 변함없이 갯바위와 비비며 육지를 넘보는 중이다. 새카맣게 앉은 담치 군락을 타고 넘어 우재가 위태롭게 올라선 바위에까지 짠물을 튕겨내고 있었다.

심연으로 돌아가는 파도 속으로 또 한 줌의 뼛가루를 뿌렸다. 파도를 실어온 묵직한 바람에도 하얀 가루를 뿌렸다. 우재는 높이 뜬 갈매기를 겨냥하여 남은 가루를 모두 흩뿌렸다. 목구멍에서 뜨거운 것이 올라오려 해 우재는 입을 크게 벌려 공기를 들이마셨다. 바람에 섞인 엄마의 일부가 폐 속으로 들어오는 것이 느껴졌다.

엄마는 고구마가 되고, 담치가 되고, 갈매기가 되고, 그리고 자신의 일부가 되었다. 그래서 이제, 엄마의 형상은 이 세상에서 없어졌다. 영원히 볼 수 없을 것이다. 우재는 하얀 가루가 묻은 손바닥을 펼쳐보며 울음을 터뜨렸다.

눈을 떠보니 밤이 깊어져 있었다. 우재는 불도 켜지 않고 방문

자가면역질환 73

을 열었다. 바람 소리가 들렸다. 뒷집의 대나무밭에서 나오는 소리였다. 쏴아, 하는 대나무 소리는 빗소리로 들리기도 하고, 모래를 쓸어내리는 파도 소리처럼 들리기도 했다. 어릴 적, 문득 잠에서 깨어 들었던, 그 무섬증에 새삼 엄마 품을 파고들게 했던 소리였다. 우재는 부스스 일어나 대청마루에 걸터앉았다. 하늘을 환하게 밝히고 있는 것을 봤기 때문이다.

빛의 물결이 하늘을 두 쪽으로 가르며 파도치고 있었다. 근래에 은하수를 본 적이 있었던가? 우재는 입을 반쯤 벌리고 고개를 더 젖혔다. 피곤함에 젖은 시선이 설탕 가루 뿌린 하늘을 천천히 유영했다. 마치 엄마 뱃속을 헤엄치고 있는 듯 편안한 미소가 번졌다.

갈피 없는 시선이 별들을 넘어 심연 같은 어둠에도 닿았다. 우재는 문득 궁금해졌다. 자신이 쳐다보지 않았다면 설탕 부스러기 같은 저 은하수가 있었을까? 어둠을 보지 않았다면 어둠이 있었을까? 누군가가 바라볼 때까지는 형체를 드러낼 수 없었던 것들. 우재는 천천히 눈을 감았다가 다시 떴다. 온 세상이 사라졌다가 다시 나타난다. 눈을 떠도 보이지 않는 것은 어디로 간 것일까? 대청마루에 앉은 우재 몸에 서늘한 이슬이 내려앉기 시작했다.

해가 높다래진 후에야 잠에서 깨어났다. 들기름 칠한 자개농과 벽에 걸린 엄마의 옷가지들이 눈에 들어온다. 우재는 자꾸만 밀려오는 우울함을 떨쳐내려 벌떡 자리에서 일어났다. 대청마루에 개다리소반이 놓여 있다. 필구 아저씨가 갖다 놨을 것이다. 그러고 보니, 어제저녁도 거른 것 같다.

마늘장아찌를 씹으며, 어젯밤 은하수가 꿈인지 아닌지 곱씹어 보다가 무뜩 숟가락질을 멈췄다. 채신을 떠올린 것이다. 후다닥 휴대전화를 찾아 열어본다. 그러나 전원이 꺼져있다. 우재는 충전기를 꽂은 채 채신에게 전화를 걸었다. 발신 신호는 가는데 전화를 받지 않는다. 일반전화기를 들어 다시 통화를 시도했다. 신호를 기다리며 왼쪽 귀에 댄 수화기를 오른쪽으로 고쳐 잡았다. 채신은 전화를 받지 않았다. 차오르는 불안감에 등줄기가 꿉꿉해진다. 우재는 허겁지겁 옷을 챙겨 입었다

변형의 시작

〈web발신〉

아인슈타인의 공식 $E=mc^2$은 모든 물질이 에너지로 바뀔 수 있음을 알려 줬다. 우주 구성 물질도 예외가 아니다. 에너지는 다시 물질로 바뀔 수 있다. 만약에, 시공간을 포함한 우주 모든 것이 합쳐진다면 서로 상쇄되어 아무것도 남는 것이 없을 것이다. 달리 말하면, 우주는 아무것도 없는 '무'에서 시작되었다.

일찍이, 예언가 니체는 말했다.

"너는 너 자신의 불길로 너 자신을 태워버릴 각오를 해야 하리라. 먼저 재가 되지 않고서 어떻게 거듭나길 바랄 수 있겠는가."

– 『위버멘쉬 해설서』 발췌. 곽경식 교수

아파트 현관문은 잠겨있지 않았다. 꽁꽁 걸어놨던 채신의 방문도 열려있었다.

"채신아?"

채신은 뙤약볕에 놓인 지렁이처럼 누워있었다. 그녀는 의식이 없었다. 의식도 없는데 목구멍에서 신음이 새어 나오고 있었다.

우재는 입을 벌린 채 멍하게 채신을 내려 봤다. 얼룩덜룩한 발진이 피부를 뒤덮고, 머리카락은 피부병 걸린 짐승처럼 뭉텅뭉텅 빠져있다. 게다가 어깨관절과 팔꿈치, 그리고 이불 밖으로 드러난 무릎은 풍선처럼 부풀어 있다. 뼈마디란 마디는 전부 다 비틀어지고 있었다.

말라 터진 채신의 입술 사이로 들숨 날숨이 가팔라지더니 덜컥 멈춰버린다. 우재가 비명처럼 채신을 불렀다. 꼭대기에 다다른 신음이었다. 일순간 정지되었던 채신의 가슴이 부풀어 오르며 길게 숨을 들이마신다. 들이마시는 숨소리가 이렇게 고맙기는 처음이었다. 우재도 덩달아 길게 숨을 토해냈다.

"우재 오빠?"

채신이 가늘게 뜬 눈으로 우재를 부른다. 눈부신 듯 볼 한쪽을 찡그린 모습이 설핏, 웃는 얼굴로도 보인다. 당장 둘러업고 병원에 달려갈 태세로 서 있던 우재는 억지 미소를 지으며 그녀 이마에 손을 올렸다.

"정신이 들어?"

"언제 왔어요?"

"약은 제때 먹고 있는 거야?"

"어머닌 어때요?"

엇갈린 질문만 서로 던지다가 동시에 입을 다물었다. 먹먹한 시선이 교차하고 우재가 먼저 천천히 고개를 가로저었다. 채신은 그렁그렁한 눈망울로 우재를 올려 본다. 마치, 자신도 곧 그렇게 될 것이라 말하고 있는 듯했다.

"창희가 안 보이네?"

이번엔 채신이 고개를 가로젓는다. 우재가 울컥하며 목소리를 높인다.

"이 자식은, 아픈 앨 혼자 놔두고."

"오빠도 많이 아파요."

우재는 찡그린 얼굴을 펴고 겸연쩍게 묻는다.

"병원에 간 거야?"

채신은 씁쓸한 표정을 지으며 다시 고개를 저었다.

"오빠가 좀 이상해졌어요."

궁금한 게 많았지만, 채신을 생각해서 더는 묻지 않기로 했다. 뜻밖에 채신은 조금 생기를 찾은듯했다. 통증이 심하긴 해도 24시간 내내 아픈 것은 아니라고 했다. 언제 몰아칠지는 모르지만 지금 한고비 넘겼으니 우선은 괜찮다고 했다.

"나…… 보기 흉하죠?"

보기 흉한 게 아니라, 끔찍할 정도로 망가져 있다. 채신은 다

알고 있다는 듯, 입술을 깨물었다.

"내가 아닌 사람이 되어 버릴까 봐, 무서워요."

"걱정하지 마. 머리카락 금방 자라잖아."

채신은 우울한 목소리로 자꾸 죽음을 이야기했다. 그렇게 훌쩍대다가 고개를 까무룩 떨어뜨려 잠에 빠진다. 채신의 고른 숨소리를 듣다가 우재도 깜박 잠든 모양이었다. 현관문 닫히는 소리에 화들짝 눈을 떴다.

신발 벗는 중에도 통증으로 입술을 깨물던 창희는 방에서 나오는 우재를 보자 힘없이 손을 들어 보인다. 그 손으로 조심스레 소파를 짚어 앉은 창희는 땀에 젖은 모자부터 벗었다. 쥐 파먹은 머리가 드러나고, 목 아래엔 푸르스름한 진물이 흐른다. 우재를 힐끗 쳐다본 창희가 신음처럼 말했다.

"넌 아직 멀쩡하구나."

왠지 비꼬는 어투였지만, 자신만 성하다는 게 미안하긴 했다.

"약은 좀 구했어? 채신이가 심하던데……."

"약은 무슨…… 저나 나나 참고 견뎌야지."

마치 남 일처럼 중얼거리며 화장실로 들어간 창희를 향해 우재는 목소리를 높였다.

"무슨 소리야? 니 동생이잖아."

화장실 물 내리는 소리가 들리고, 창희는 바지 지퍼를 올리기도 전에 나와 침을 튀긴다.

"이 자식아. 생각을 해봐라. 자가 면역질환약이 감기약처럼 흔해 빠진 거야? 뭐, TV에서는 긴급 수입한다고 난린데, 수입이 가능하겠어? 전 세계적으로 퍼졌고, 우리나라 사람 절반이 걸렸어. 남아나는 약이 있겠냐고? 한두 알 먹고 낫는 병도 아니잖아. 아니, 아니, 말은 똑바로 해야지. 지금 치료약이 있기는 있다고 생각하는 거야? 그냥 죽을 놈은 죽고, 살 놈은 사는……."

생각 없이 내뱉다가 우재 어머니 일을 떠올렸는지, 슬며시 말끝을 흐린다. 우재는 못 들은 척 다그친다.

"그럼 어디 갔다 온 건데?"

"눈을 크게 뜨고 깨달으려고."

"뭐?"

"내가 말했었잖아. 언젠가 이런 일이 일어날 거라고……."

설마, 아직도 그 곽경식 교수 주장을 신봉하고 있나? 어이가 없어 창희를 물끄러미 쳐다봤다. 창희도 우재 시선을 피하지 않았다. 외려 도전적인 눈으로 마주 보며 양말을 벗는다. 양말 벗는 중에도 통증이 심한지 온몸을 부들부들 떤다. 그럴수록 창희는 우재를 노려보며 무섭도록 입술을 깨물었다. 신음마저 삼키며 아픔을 참아내는 창희 눈엔 이상한 기운이 어려 있다.

"이건 싸움이야. 내가 누군지 알아야 하는 싸움."

우재의 뇌리에 불길한 단어가 떠올랐다. 환자 중에는 우울증, 정신착란 등의 이상 증세를 보인다는 말도 있었다.

"내가 미친놈으로 보여? 하긴, 채신이도 머리에 요렇게 손가락 해놓고 뱅뱅 돌리더라."

손가락을 까딱거리던 창희는 말할 기력도 없다는 투로 손을 휘젓는다.

"분명한 것은 이건 그냥 질병이 아니야. 지금 내 몸속의 면역 세포가 내가 아니라고 판단되는 것들을 없애는 중이야. 그러니까, 내 몸속에 있는 인간과 인간이 아닌 것들과 싸움이지. 이 몸의 주인인 내가, 인간이 아닌 것들과의 싸움에 져서 되겠어?"

터무니없는 말을 계속 듣고 있자니 언짢아지기 시작했다. 그러면? 견디지 못해 숨진 사람은 뭐가 되냐고 소리칠 뻔했다. 저놈도 환자인데 싶어 슬며시 손등 긁는 시늉을 하며 되묻는다.

"누가 인간이지? 아픈 몸이 인간이야? 아니면 네 몸을 공격하는 면역체계가 인간인 거야?"

"그걸 알려고 열심히 그 이론을 연구하고 있는 거야. 이 몸뚱이가 도대체 누구 편인지 알려고 말이야."

"그 강연으로?"

"저 봐라. 내가 입이 닳도록 이야기해도 콧등으로도 안 들었어. 지금 세상이 뒤집히고 있는 거 모르겠어? 저 불쌍한 영혼을 지금이라도 구원하고 싶지만, 일단 지금은 내가 좀 누워야겠다."

"야, 이런 몸으로 강연을 듣고 다녔다는 말이야?"

"언제 적 이야기를 하는 거야? 난 지금 위대한 사상을 전파하는 중이야. 넌 상상도 못 할 거다. 에이씨, 멀쩡한 니가 약이라도 좀 구해오든지.”

“따박따박 말대꾸하는 주둥이를 보니 넌 오래 살겠다.”

방으로 들어가는 창희 뒷모습을 보며 우재는 고개를 저었다. 원래부터 엉뚱한 구석이 있는 친구였다. 핏발 불거진 눈을 보자면 아픈 사람이 맞는데, 한마디도 지지 않고 암상스럽게 받아치는 근성이 대단하기도 하다. 우재는 머리 안에서 우글대는 질문들을 우선 잊기로 했다. 당장, 급한 것은 채신의 상태였다.

에덴병원은 바이에덴사에서 전액 출자한 병원이다. 시설도 괜찮고 바이에덴사 직원은 할인 혜택이 있기에 우재는 채신을 겨우 부축해서 방문했다. 규모가 커서 진료 사정이 그나마 나을 것으로 기대했는데, 창희 말이 맞았다. 병원은 어디든 북새통이고 의약품이 부족했다. 게다가, 의사나 간호사도 사실상 환자들이었다.

제 통증을 참아가며 환자를 돌봐주는 고마운 의료인들이긴 한데, 신경이 날카로워져 있는 건 어쩔 수 없었다. 일전에 처방전을 써줬던 정우 선배도 마찬가지였다. 입으로는 후배를 반겼지만, 눈썹까지 다 빠진 얼굴에 난삽한 피로가 뚝뚝 떨어졌다.

“어, 왜 또 왔어?”

“와아, 세 시간 기다렸어요.”

“미리 말하지만, 입원실은 꿈도 꾸지 마라. 숨이 깔딱깔딱 넘

82

어가는 사람도 링거 한 대 맞히고 돌려보내는 상황이야. 봐서 알 겠지만, 내가 입원실 구해 줄 능력도 없고."

선배가 퉁명스럽게 말하며 가운 주머니에서 약봉지를 꺼낸다. 바빴던 와중에 후배를 만나 그나마 약간의 여유를 얻은 모양이다. 알약을 한 움큼 털어 넣고 박카스와 함께 꿀꺽 삼킨다. 약을 삼키면서도 비스듬히 기대앉은 채신을 살펴본다. 선배는 빈 병을 쓰레기통에 집어 던지며 말했다.

"관절 염좌가 심하네. 증상 시작된 지 한 달쯤 됐지?"

우재가 채신 대신 그렇다고 대답한다. 선배의 손놀림은 무심하고 기계적이었다.

"루푸스는 보통 악화하였다가, 호전되기를 반복하는데, 이건 뭐……."

퉁퉁 부은 관절을 꾹꾹 눌러볼 때마다 채신이 자지러지며 펄떡인다. 우재가 할 수 있는 일이라곤 선배 손을 노려보며 덜덜 떠는 채신의 손끝을 잡아 주는 것밖에 없었다. 진료는 그것이 전부였다. 선배는 더 볼 것도 없다는 얼굴로 처방전을 입력하기 시작했다.

"보기에…… 좀 어떻습니까?"

"뭐, 다를 것 있겠어. 뉴스에서 루푸스라 떠드니까 다들 그런 줄 아는데, 의사 중에 이걸 진짜 루푸스라고 생각하는 사람이 몇이나 될까?"

"그럼, 무슨 병인데요?"

손정우 선배는 손을 내려 겨드랑이 밑을 긁더니 쩝, 하고 입소리를 낸다. 하얀 가운에 스며든 진물이 유난스레 거슬린다. 목 아래의 얼룩을 보자 우재도 목덜미가 군시럽다.

"한번 맞춰봐라. 질병관리본부에선 변형 루푸스, 의사협회에선 세균성 자가면역 증후군, 종교단체에선 세상 종말이라 하고, 환경단체에서는 환경오염으로 인한 유전변형, 또 뭐라더라? 인터넷 한번 뒤져봐라. 수십 가지 병명이 나오는데 그중에 정답이 있을지도 모르지."

입아귀 한쪽을 비틀어 뱉은 말이 오죽잖다는 걸 저도 아는지, 선배는 쿨럭쿨럭 마른기침한다.

"증상이 다양하긴 해도 진행 과정은 비슷해. 피부발진에 머리칼 빠지고, 관절 변형 생기고…… 현재로서는 염증 가라앉고, 통증 좀 완화해주는 조치뿐이야. 그것도 없어서 못 먹어. 효과 괜찮은 소염진통제나 한 대 놔 줄게."

우재가 다급하게 가로막았다.

"열흘 치 처방은 안 돼요?"

얼굴은 가만두고 눈동자만 힐끗 움직인 선배가 쯧, 하고 혀를 찬다.

"약국에 그 처방전 내밀면 어서 옵쇼 하며 열흘 치 약을 내주겠냐? 니가 구할 재주 있으면 내 것까지 부탁 좀 하자. 내가 백일

치라도 처방해줄게."

"아픈 사람이 또 있어서 그래요. 선배 제발……."

선배는 관자놀이를 꾹꾹 누르더니 우재와 마주 보게 의자를 돌렸다. 단단하게 깍지 낀 팔짱에 그나마 너그럽던 선배의 눈매에 분노가 서려 있다.

"내가 지금 돈 벌려고 진료하고 있는 줄 알아? 소염제라도 구할 수 있을까 싶어 여기 나오는 거야. 아무리 의사라도 진물 질질 흘리며 집구석에 누워있으면 약은 어디서 구하겠어? 마누라, 애새끼들 먹일 약은? 응?"

휘우뚱 기울어진 자세로 선배를 올려보던 우재가 채신의 신음에 놀라 화들짝 돌아본다. 다시 통증이 밀려오는지 부어오른 손가락을 하들하들 떨고 있다. 우재는 채신을 감싸 안았다.

"어떻게, 구할 방법이 없겠어요?"

"다음 주엔 병원 약도 바닥이야."

더 매달려봐야 소용없다는 걸 우재도 알고 있었다. 우재는 이마에 맺힌 땀방울을 손등으로 훔쳐내고 채신을 업었다. 선배는 우재 어깨를 툭툭 치며 미안함을 대신했다.

"그래도 넌 건강하잖아."

"우리 공장엔 멀쩡한 사람 많아요."

"어련하시겠어. 세계를 먹여 살리는 바이에덴"

"맞아요."

우재는 웃음 짓는 선배 턱을 주먹으로 치고 싶은 충동을 애써 참았다. 채신을 지탱하는 우재의 굵은 팔뚝에 부러운 시선을 던지던 선배는 휴대전화를 꺼내 문자를 확인하는 시늉을 한다.

〈web발신〉

불과 150억 년 전, 대폭발이 일어났다. 극소의 한 점에서 엄청난 에너지를 방출하고, 물질이 생기고, 시간과 공간이 생겨났다. 우주의 탄생이었다.

그렇다면 빅뱅 이전에는 무엇이 있었을까? 그렇다. '아무것도 없다' 라는 것은 우주를 창조시킬 만치 무서운 상태이다.

일찍이, 예언가 니체가 말했다.

"그렇다 형제들이여. 창조의 놀이를 위해서는 거룩한 긍정이 필요하다. 세계를 상실한 자는 자신의 세계를 획득한다."

- 『위버멘쉬 해설서』 발췌. 곽경식 교수

멀쩡한 사람들

일요일 아침부터 회사에서 연락이 왔다. 직원들 결원이 너무 많아 부득이 임시 휴업한다는 내용이었다. 배양기 가동을 위한 필수인력조차 확보할 수 없었던 모양이다. 엄청난 손실이고 뭐고, 내심 잘됐다고 생각하고 있는데, 다시 문자가 온다. 배양 8팀 팀장이 보낸 호출 문자였다.

배양기 폐쇄 문제로 불렀을 줄 알았는데, 회사에 도착하니 모스 연구소 직원과 에덴병원 간호사가 대기하고 있다. 고영태 팀장은 시키는 대로 하라며 손을 휘휘 젓는다. 감염관리 차원에서 혈액검사는 종종 있었기에 우재는 의심 없이 팔을 걷었다. 세상에, 무슨 검진용 피를 이렇게나 많이 뽑나? 거의 헌혈 수준이네. 투덜거리며 사무실로 들어오는 우재를 향해 팀장이 손바닥을 맞잡고 굽실거렸다.

"아이고, 채혈 잘 마쳤습니까?"

우재는 소독솜 댄 팔뚝을 접은 채 비틀거리는 시늉을 한다.

"이 동네에선, 빵하고 우유 안 줘요?"

"야하, 빵이 필요하단다. 얘들아. 채혈빵 좀 드려라."

먼저 채혈을 끝낸 팀원들이 우르르 달려들어 발길질한다. 넙데데한 얼굴의 팀장은 유난히 큰 입을 벌려 껄껄댄다. 유치한 장난에 팀원들이 호응해주니 기분 좋아진 얼굴이다. 입사 동기 차성현 대리가 인스턴트커피 한잔을 뽑아 우재에게 건네준다.

"우리 8팀만 멀쩡하단다."

"대박."

"그것 때문에 채혈한 거래. 우리한테 무슨 용가리 통뼈가 들어 있는지 알아본다고. 진짜 우리한테 뭐가 있긴 있는 모양이야."

우재는 소독솜을 폐기물통에 던지고 커피를 한 모금 마셨다. 꿀꺽 소리 내며 삼키더니 뭔가 떨떠름한 표정을 짓는다.

"이러다가 한 방에 훅 가는 거 아냐?"

"야, 너 심 대리 아버지 교통사고 당한 거 모르지? 출혈이 심해서 수혈이 필요했대. 근데, 너도 알다시피 요즘 누가 헌혈을 하냐? 병원이고 혈액원이고 간에 혈액이 씨가 말랐지. 급한 김에 심 대리 피를 뽑아 수혈했다더라. 근데 말이야."

차 대리가 무릎과 손뼉을 동시에 따닥, 치며 추임새를 넣는다.

"발진이 싸악 가라앉는 거야. 진물 줄줄 흐르던 그게 응? 지금은 어떤 줄 알아? 아버지 머리카락이 새로 나고 있대."

"진짜로?"

"줄초상 날 것 같다고 질질 짜던 놈이 지금 난리도 아냐. 글쎄 신비의 명약이 따로 없더라는 거지."

본관 엘리베이터가 서서히 움직인다. 직원이 수다 떨고 있던 2층 휴게실을 지나 고속으로 상승한다. 엘리베이터는 22층 바이에덴코리아 지사장실과 모스 연구소 소장실을 구획하는 우윳빛 천사 조각상 사이에서 멈춘다. 문이 열리자 겨드랑이에 검은색 결제 판을 끼운 사내가 머리칼을 정리하며 내린다. 모스 연구소 박준오 실장이다. 실장은 소장실 입구 다섯 걸음 앞에서 멈추더니 안경을 벗어 손수건으로 닦는다. 다시 크게 심호흡을 하고 노크를 했다.

박 실장이 올린 자료를 읽어보던 양승호 소장은 서류뭉치를 책상 위에 던져 버렸다.

"아니? 어떻게 이런 결과가 나와?"

"세 번이나 확인했습니다. 한데, 본사에서 보낸 자료와 일치했습니다."

실장은 잔뜩 주눅 든 얼굴이다. 한번 성질나면 분이 풀리도록 발광하는 양 소장이었다. 입에 담지 못할 욕설은 물론이며, 정강이를 까이는 수모쯤은 각오해야 한다. 그래서 붙여진 별명이 '적조'였다. 한번 떴다 하면 주변을 핏빛으로 물들인다는 이유였다.

열흘 전, 바이에덴 본사에서 해명을 요구하는 공문이 왔었다. 이번 사태의 원인으로 배양육에 포함된 모스가 의심된다는 내용이었다. 미국 본사에서 자발적으로 그런 의혹을 제기했을 리 없고, 아마도 미국 정부에서 제기한 의혹이었을 것이다. 루푸스 증상은 한국뿐만 아니라 미국, 중국, 유럽 등에서 동시다발적으로 일어나고 있었다. 전부 바이에덴사 배양육이 판매되고 있는 지역이다. 배양육과 관련 없음을 증명하는 자료는 바이에덴사에서도 절실했다.

모스 연구소에서는 절대 그럴 리가 없다는 회신을 보냈다. 그 이유로 꼽은 첫 번째는 배양육에 이식되는 모스는 인체 내에서 생존할 수 없으며, 그것은 장기 임상시험에서도 증명되었다. 두 번째는 바이에덴사 배양육을 섭취하지 않은 신생아에게도 발병 증상이 나타났다. 세 번째는 배양육 판매가 시작된 지 삼 년이 지났는데 그동안 한 번도 유사한 발병 사례가 없었다는 사실 등을 조목조목 적어 보냈다.

회신을 보내자마자, 본사에서는 환자들에게서 모스의 일종인 톡소바이오틱스 항체가 발견되었다는 자료를 보냄과 동시에 다섯 명의 조사위원까지 파견했다. 조사위원장인 피터 마커스는 강승욱 지사장과 양승호 모스 연구소장을 불러 협조를 부탁했다. 만약 모스가 문제였다고 밝혀진다면 바이에덴은 전 세계적으로 수만 명을 살해한 기업으로 지목될 것이며, 그때는…… 피터 마커스는 차마 상상도 못 하겠다는 표정으로 강승욱 지사장과 양승호 소장 눈을 하나하나 노려보며 덧붙였다.

"지금 보스턴 본사엔 보건국 조사위원이 들이닥쳐 한마디로 난장판입니다. 우리가 적극적으로 해명하고는 있지만, 조만간 한국으로도 보건국 직원이 넘어올 겁니다. 중요한 것은 확실한 자료입니다. 이해하시겠습니까? 이번 사태와 관련 없다는 명백한 자료 말입니다."

강승욱 지사장은 고개를 주억거렸다. 백번 옳은 말씀이라는 투로 끄덕이지만, 시선은 양승호 소장에게로 향해 있다. 양 소장이 난색이라도 표하면 모가지를 물어뜯어 버릴 얼굴이었다.

모스 연구소가 발칵 뒤집혔다. 배양기에 주입되는 수액 성분, 단백질 변이 가능성, 이식 중인 모스들의 유전 형질, 에덴병원을 통한 환자들의 임상데이터, 유통과정에서의 변질 가능성까지 모든 부분에 대한 조사가 이뤄졌다.

결과는 충격적이었다. 모스 종별 유전 형질을 전수 분석한 결과, 몇몇 종에서 자가 변이가 일어난 사실을 확인할 수 있었다. 특히, 톡소바이오틱스라고 명명된 모스는 변이가 심해 생존주기와 습성까지 달라졌음을 확인했다. 한마디로 톡소바이오틱스가 인체를 숙주로 생존할 수 있게 되었으며, 병리 현상을 일으키는 원인일 수도 있다는 것이다.

"그…… 그 뭐냐…… 톡소바이오틱스, 변이가 일어났다 치더라도, 그게 발병 원인이라는 증거가 어디 있어?"

"그게, 저……."

"이 새끼가 사람 속 뒤집어 죽일 일이 있나. 빨리 대답 안 해?"

"에덴병원에서 수집한 자료에 따르면 유사한 증상 환자엔 전부 톡소바이오틱스 항체가……."

말이 끝나기도 전에 양승호 소장이 던진 유리잔이 건너편 벽에 부딪혔다.

"야이, 새끼야. 그게 발병 원인이라는 증거가 어디 있냐고? 이 새끼가 회사를 말아먹으려고 환장을 했어. 응? 너 모스 연구소 직원 맞아? 너, 소속이 어디야?"

앞머리로 가렸던 이마의 진물이 드러나고 소리칠 때마다 머리칼이 빠져 흩날린다. 독화살처럼 뿜어 나온 침방울은 원목 책장, 주전자 모양의 가습기, 리히텐슈타인 작품 스타일의 그림 액자에까지 부딪혔다. 클레이모어 폭탄처럼 사방으로 파편을 날리던 양 소장이 단 5분 만에 흥분을 가라앉혔다. 핏줄 돋은 흰자위가 느닷없이 반듯해진 것이다.

양승호 소장은 장승처럼 넋 놓고선 박 실장을 비슥 돌아보며 말했다.

"원인 조사하고 증거를 찾아내. 우리와 관련 없다는 증거 말이야. 아, 그리고 입 닫는 거 알지? 외부로 유출되면 너 죽고 나 죽는 거야."

"즉시, 조사하겠습니다."

"아, 배양 8팀에 대한 조사는 어떻게 됐어?"

"오늘 전원 채혈 완료해서 연구실로 보냈습니다."

양승호는 입술을 잘근거리며 생각에 잠겼다. 아니, 매일 주무르고, 먹고, 심지어 배양액까지 뒤집어쓴 놈들은 멀쩡한데, 어떻게 조리해 먹은 사람에게 문제가 생긴단 말인가? 헤어나기 힘든 늪에 빠졌다. 이번 사태의 책임은 전부 자신에게 몰릴 게 뻔하다.

침착해야 한다. 지금까지 항상 잘해왔지 않은가. 합성된 모스와 관련 없다는 증거를 찾는 것보다 더 쉬운 것은, 관련 있다는 증거가 없다고 주장하는 것이다. 양승호는 책상 위 유리병에서 아몬드를 꺼내 씹었다. 관자놀이에 힘이 들어갈 때마다 깨드득, 깨지는 소리가 적막한 사무실에 귀살스럽게 울렸다.

며칠간의 밤샘 작업으로 박준오 실장 눈 밑이 시커멓게 물들었다. 나흘 만에 다시 올리는 보고서였다. 박준오는 소장실 다섯 걸음 앞에서 안경을 닦으며 저도 모르게 중얼거렸다. 못 해 먹겠네⋯⋯ 천 번쯤 되뇌었던 독백이다.

모스 연구소 개발실장이라면 남들은 다 우러러본다. 연구소 내에 실장 직함을 가진 사람이 수두룩하지만 그게 어딘가? 제약사 연구원으로 있다가 양승호 소장의 이직 제의를 받았을 땐 이제 앞날이 트였다고 생각했었다. 처음엔 정말 그렇게 보였다. 연봉도 그렇고 연구수준도 천지 차이였다. 무엇보다도 '모스'를 마음껏 주무르고 합성할 수 있다는 것에 없던 의욕이 돋았었다. 그건 분자생물학 연구원으로서 대단한 기회였다.

그가 '모스'라는 단어를 처음 들은 건, 이제 막 대학원을 수료하고 박사 코스를 준비하고 있을 때였다. 이것저것 자료를 챙기던 중에 과학 저널에 실린 양승호 교수의 인터뷰를 읽은 적이 있었다. 양승호 교수는 자신이 합성한 '볼바키아'의 원형 미생물은 이끼처럼 우리 주위에 흔하게 존재하는 기생생물이라 밝혔다. 그런 의미로 이후에 합성시킨 모든 미생물 첫머리에 '모스'라는 단어를 붙인다고 했다. 박준오는 기생생물이라는 단어가 더 흥미로웠다. 세균이든 박테리아든 다른 생물 내부에서 양분을 얻으며 산다면 기생생물이 아닌가.

기생 미생물은 인기 있는 분야가 아니었다. 기생충이 생체를 자극해 면역력을 증가시키고 이상증식이나 종양 발생을 억제할 수 있다는 이론도 마찬가지였다. 양승호 교수가 처음 구강 편모충과 레트로바이러스 유전자를 합성해서 만들어낸 '볼바키아'를 발표했을 때에도 국내 학계에서는 심드렁했었다.

일부 언론에선 노골적으로 폄하하는 기사를 냈다. 기생 미생물로 면역력을 키운다고? 1940년대 미국에서 유행했던 촌충 다

이어트가 부활한 것인가? 국내에선 혐오 일색이었다. 하지만 국내 분위기와는 달리 정중하게 특허 사용 제의를 하는 기업도 있었다. 그중에서 다국적기업 바이에덴사는 양승호가 거절하지 못할 파격적인 제안을 했다. 그 결과가 바로 지금의 배양육이다.

바이에덴사는 일찍부터 대체식량을 차세대 주력산업으로 정했다고 한다. 그 일환으로 조직 배양으로 단백질을 양산하는 기술에 많은 투자가 이루어졌다. 그런데 파일럿 설비단계부터 난항에 빠졌다. 시범 설비를 가동해보니 실험실에서처럼 온전한 단백질로 배양되지 않았다.

잘 배양되던 조직이 일정 크기 이상이 되면 괴사하기 시작했다. 곰팡이가 피어나듯 부분적으로 녹아내려 구멍이 숭숭 뚫렸다. 괴사를 막으려 항생제를 쓰면 덩어리처럼 딱딱하게 굳어버렸다. 한마디로 암 덩어리로 변해버리는 것이다.

바이에덴사로서는 양승호가 합성한 볼바키아가 한 줄기 빛이었다. 그들의 시도는 적중했다. 모스가 투입된 배양기에는 근육 형태를 고스란히 유지한 살코기로 성장했다. 덕분에 '모스'는 국민 대부분이 한 번쯤 먹어봤을 배양육을 대량생산할 수 있는 원천기술이 되었다.

'모스'는 바이오산업의 방향을 틀어버린 신기술이었다. 특히나 기능성 기생충과 레트로바이러스를 이용한 유전변형 기술은 특허등록 자료를 보고서도 쉽게 재현할 수 없는 분야였다. 박준오 실장은 남은 생을 다해 연구해볼 가치가 있다고 생각했다. 입사하기 전까지는 그랬었다.

배양육이 알려지기 시작하자 배양육 종류도 다양해졌고 그 요구 조건을 만족할 모스도 많이 필요해졌다. 입사 후 6개월부터 합성이 밀리기 시작했다. 지옥문이 열리는 순간이었다. 양 소장은 어떻게 해야 사람을 지옥으로 떨어뜨릴 수 있는지 아는 사람이었다. 개발이 지연되거나, 혹은 합성된 모스가 요구 조건에 미치지 못할 때마다 박 실장의 자존감은 뚝뚝 떨어졌다. 박 실장 자네…… 로 시작하던 질책이 언제부터 '너'로 바뀌었는지도 몰랐다. 못 해 먹겠네, 를 오백 번쯤 했을 즈음엔 야, 이 새끼야. 라는 말을 고개 숙여 받아들일 만큼 굴욕에 길들어 있었다.

그런데도 사직서를 내지 못하는 이유는 단순히 생계 때문이 아니었다. 개새끼야. 를 처음 들은 다음 날, 사직서를 내밀었고, 양승호 소장은 그보다 더한 욕을 퍼부었었다. 그 욕설의 끝에 새우처럼 눈꼬리를 구부리며 말했다.

"넌, 내가 나가라고 할 때 나갈 수 있는 거야. 여기서 니가 본 것. 들은 것. 니 머릿속에 있는 전부…… 다 내꺼야. 내 성격 알지? 난 내꺼 훔쳐가는 놈 눈 뜨고 못 봐. 지금까지 곱게 놔둔 적이 없어. 너도 알지? 나가면 알게 될 거야. 아하, 여기 있을 때가 봄날이었구나. 그땐 이미 늦지."

양 소장은 표정을 한결 누그러뜨리며 덧붙였다.

"남의 돈 받기가 쉬운 줄 알아? 딴소리하지 말고 이삼일 쉬고 와. 이런 말도 처음이자 마지막일 거다. 내가 인정해줄 때가 좋은 거야."

시키는 대로 이틀을 쉬고 다시 출근했다. 그렇게 해야 할 것 같았다. 신기하게도, 그때부터는 개새끼라는 욕을 들어도 아무렇지 않았다. 가끔 정강이를 차여도 아직은 내가 쓸 만하다는 생각을 떠올리며 반창고를 붙였다.

하지만, 소장실 문 앞에 설 때마다 솟구치는 긴장은 어쩔 수 없었다. 다섯 걸음 앞에서 목덜미를 두어 바퀴 돌리고, 안경을 닦고, 소리죽여 심호흡했다. 하필, 품속의 휴대전화에 신호가 울린다. 꺼내 보니 또 그 문자다. 호기심에 가입했는데, 이건 아예 스팸 수준이다. 박 실장은 휴대전화를 무음으로 바꾸고 소장실 문을 조심스럽게 두드렸다.

〈web발신〉
자아를 가진 생명체의 출현으로 비로소 우주는 위대해질 수 있었다. 하지만 스스로 위대해지기 위해 생명체가 필요했던 것이 아니다. 우리는, 생명체가 자아의식을 가진 존재로 진화되는 현상을 주목해야 한다. 진화의 끝에 도달한 생명체의 '의지' 그것이 바로 우주가 필연적으로 생명체를 탄생시킨 이유이다.

일찍이, 예언가 니체는 말했다.

"너희에게 말하거니와, 춤추는 별 하나를 탄생시키기 위해 사람은 자신들 속에 혼돈을 지니고 있어야 한다."

– 『위버멘쉬 해설서』 발췌. 곽경식 교수

유전자 변이

"재작년 전기가 다운된 적 있었는데, 기억하십니까?"

"미친놈 하나가, 변전실에 기어들어가 터트린 사고?"

"그때 UPS 작동 오류로 MC 컨트롤러가 리셋 된 적이 있었습니다."

"그건 나도 기억해. 별문제 없었잖아."

"모스 DNA 정기분석 자료를 역으로 추적했습니다. 그때, 이후로 미세한 형질 변형이 있었습니다. 표현형이 아니라서 그대로 사용한 적이 있었습니다."

"야, 이 자식아. 문제 있는 건, 폐기했었어야지."

"그때 소장님이 그대로 투입하라고 지시하셨습니다."

"뭐? 내가? 이 자식이 미쳤나? 내가 언제?"

딱 잡아떼는 소장 말에 오히려 박준오 실장 얼굴이 벌겋게 달아올랐다. 분명히 그랬었다. 그것도 욕설과 함께 지시했었다. 야이 새끼야. 그깟 것으로 다 갈아엎으면 그 돈 니가 다 물어줄래? 물어주기는커녕, 책임질 생각도 없었기에 박 실장도 그냥 시키는 대로 했었다. 사실, 컨트롤러 리셋으로 문제가 생겼다고 보고는 했지만, 자가 변형은 수시로 발생하는 현상이었다. 하지만, 지금은 적당한 이유와 변명거리가 필요할 때이다. 양승호는 한술 더 떴다.

"설사 말이 잘못 나와서 내가 그랬다고 치자. 그러면 명색이 책임연구원인 니가 안 된다고 했어야지. 엉? 넌 그런 윤리의식도 없는 인간이었어?"

어떻게 저 입에서 윤리라는 말이 나올까. 박 실장은 일그러지려는 얼굴을 감추려 서둘러 두 번째를 보고했다.

"배양 8팀 팀원 혈액검사에서 리슈볼바키아 항체가 발견됐습니다."

"리슈볼바키아? 정식 출시도 안 된 모스잖아? 그게 어떻게 감염이 된단 말이야?"

"배양 8팀에게 시제품을 제공한 적 있었는데, 그때 감염……."

"내 말은…… 어떻게 사람한테 감염될 수 있었냐. 이 말이야."

"아마도, 자가 변형을…… 보관하고 있던 볼바키아 원형에서부터 문제가 있었던 것 같습니다."

"아마도라니? 그게 실장 입에서 나올 말이야?"

날아온 결제 판이 스치며 박 실장 귓전에 바람을 일으킨다. 리슈볼바키아는 병원성 제거와 조직 내 적응 여부에 주안점을 두고 개발된 모스였다. 그래도 초기 형태의 볼바키아 시리즈 중에선 가장 최신 버전이었다. 최종적으로 모스를 제거한 배양육이 소비자들에게 더 인기가 많았다는 분석에 착안하여 개발된 모스였다.

이놈들은 생체조직 내에서 만나는 다른 모스에 유독 적대적이었다. 배양이 완료된 조직에 투입하여 여타 모스들을 소멸시키는 공정에 적합한 모스였다. 기존 모스는 살아남기 위해 보호 물질을 분비하고 그것이 배양육의 육질과 맛에 상당한 차이를 만들어냈다. 리슈볼바키아는 다른 모스들을 다 잡아먹고 나면 자신들도 결국 사멸되었다. 굶어 죽는 셈이다. 한마디로 품질 향상을 위한 마지막 공정에 투입되는 일종의 숙성제였다. 무엇보다 모스라는 미생물에 혐오감이 있는 여성 구매층을 노린 신상품이었고, 조만간 설비라인을 신설할 예정이었다.

"이것도 역시 재작년 그 일 때문에…… 겉보기엔 멀쩡해도 보관하고 있던 모스들 전부가 미세한 손상을 입었던 것 같습니다."

"진짜 개판이구먼."

양승호 박사의 잔뜩 찡그려진 눈이 세 번쯤 깜박였다. 그러더니 서서히 얼굴이 펴졌다.

"그러니까. 리슈볼바키아가 몸에 들어온 톡소바이오틱스를 모조리 잡아먹었다. 이 말이지?"

"정밀조사를 해봐야 알겠지만, 리슈볼바키아가 어떤 역할을 한 것은 분명합니다."

"전부 몇 명이야?"

"32명입니다. 배양 8팀 18명, 나머지는 평가를 위해 맛본 개발 팀 직원들입니다. 근데, 채혈 후 연락 두절된 직원도 몇 명 있습니다."

"이거, 벌써 소문난 거 아냐? 에덴 병원장한테 연락해놓을 테니까, 소재 확보해서 전부 불러들여. 그놈들 이제 우리 재산이야."

양승호 소장이 습관처럼 턱수염을 쓰다듬다가 느낌이 이상한지 눈앞에 손가락을 세워본다. 손끝에 가시 같은 수염 조각이 얹혀있다.

리슈볼바키아 그놈은 또 어떻게 인체 내에서 살아남게 되었는가? 하긴 그놈도 변이되기 시작한 것이겠지. 암튼, 엉망진창인 상황에 하나의 구세주가 나타난 셈이다.

기분이 나아진 양승호는 퀭한 얼굴의 실장에게 한결 부드러워진 목소리로 물었다.

"자네도 먹었나?"

"뭘…… 말입니까?"

"리슈볼바키아…… 시제품"

"그렇습니다."

실장의 목소리는 가늘게 떨리고 있었다.

"쳇, 이럴 때는 동작이 빠르구먼."

"어때? 효과가 있는 것 같아?"

"저는 모르고 먹었습니다만 효과는 확실히 있는 것 같습니다. 한데, 이미 진행이 된 상태에서는 그다지……."

시제품을 벌써 자기 가족들에게 먹여봤다는 의미다. 그러나 양 소장은 의외로 담담하다.

"그 시제품, 내 차에 몇 상자 실어 놔. 그리고, 리슈볼바키아 증식시켜. 배양육 말고 모스만. 지금 당장."

허겁지겁 문을 나서는 실장을 노려보던 양승호는 손을 들어 눈썹을 긁었다. 깨끗했던 유리 테이블에 부스스 눈썹이 떨어진다. 입바람을 후, 불어 떨어진 눈썹을 날려버린다.

양승호는 전화기를 들어 번호를 누르려다가 다시 놓고 시계를 확인한다. 지사장은 11시까지는 사무실에 있을 것이라 했다. 벌떡 일어나 옷매무새를 고치고 복도 맞은편의 지사장실로 향했다.

강승욱 지사장은 시커먼 가죽 소파에 파묻혀 뭔가를 읽고 있었다.

"마침 잘 왔구먼."

지사장은 읽고 있던 서류를 양 소장에게 내밀었다. 기획실에서 만든 해명자료였다. 한국 정부에서도 이번 사태를 조사하겠다고 통보해왔다. 지사장은 공무원들이 들이닥쳐 휘젓기 전에 어떻게든 무마시킬 작정이다.

대충 훑어보니 본사에 보낸 회신내용과 크게 다르지 않다. 강승욱 지사장은 뭔가 마뜩찮은 표정이다.

"이래가지고 되겠어? 최 장관도 입장 난처한 모양이야. 우릴 빼주려고 해도 그럴듯한 구실이 있어야지.

"의혹일 뿐이죠. 무슨 근거로 우릴 흔들겠습니까? 배양육 먹지 않은 사람, 채식주의자, 젖먹이 어린아이도 루푸스 증상이 발생했습니다. 그것만 강조해도 충분합니다. 특히 우리나라에서는요."

"말은 그럴듯한데, 그 젖먹이에게서 모스 항체가 생긴 건 어떻게 설명하겠나? 저쪽 사람들은 전염되었다고 주장하던데?"

"아니, 환자에게서 모스가 발견되지 않았는데, 어떻게 감염이라고 할 수 있겠어요?"

"그걸 공무원들이 믿겠냐는 거지."

"공무원이 언제는 믿고 판단해서 일했습니까. 위에서 아니라면 아닌 거고, 이거다. 하면 이것만 쳐다보잖아요."

"하긴……."

짧은 남청색 치마를 입은 비서가 커피를 내오자 두 사람의 대화가 잠시 멈췄다. 양 소장은 여비서의 늘씬한 다리를 아래위로 훑더니 콧구멍을 벌름대며 비서가 흘린 냄새를 맡는다.

"쟤는…… 말끔하네요?

또각또각 소리 내며 나서는 비서를 힐끗 돌아본 지사장이 피식 웃는다.

"가발 사줘, 약 챙겨줘, 지금 스타킹에 가려져서 그렇지 속살은 엉망이야."

"요즘 애들은 그렇게 챙겨줘도 고마운 걸 몰라요."

한 모금 마신 커피를 테이블에 내려놓고 지사장은 다시 풀썩, 소파에 파묻힌다. 알 만한 사람이 왜 이리 껄떡대나 하는 눈으로 지그시 노려본다. 그제야 양 소장은 느글대던 안색을 고치고 소파 끝으로 엉덩이를 당겨 앉았다.

"백신 개발이 가능할 것 같습니다."

파묻혀 있던 강승욱 사장 허리가 꼿꼿이 세워졌다.

"뭔 소리야?"

"아, 제가 모스에 대해선 확실히 꿰뚫고 있잖습니까. 백신 효능은 확실히 나올 것 같고, 치료 효능까지는 모르겠지만, 암튼 조만간 획기적인 약제 개발이 가능할 것 같습니다."

"확실해?"

양승호 소장은 대답 대신 천천히 손을 움직여 커피잔을 들어 올린다. 흥미진진하고 거만한 표정이다. 오히려 애가 닳은 쪽은 강승욱 사장이었다.

"그것만 되면, 우린 살아나는 거지. 언제쯤 결과를 볼 수 있는 거야? 무슨 지원이 필요해? 말만 해."

상대의 조바심을 즐기며 손에 든 커피를 찔끔 핥듯이 마신 양 소장은 밭은기침을 두어 번 더 하고서야 입을 뗀다.

"두 달 내에 시제품 내올 테니 식약청 NDA 허가를 맡아 주십시오."

어이가 없어 턱을 뚝 떨어뜨린 강승욱 사장이 한참 만에야 버럭 화를 낸다.

"지금 장난쳐?"

"제가 지금 농담 따먹기 할 처지입니까?"

"이 사람아. 말도 안 되는 소릴 하니까 그렇지. 최적 약물을 찾았다 해도, 첨가성분 잡고, 비 임상시험에 임상 몇 단계까지 통과하려면 빨라야 5년이야."

소파에 앉아있던 양 소장이 테이블 유리를 손바닥으로 치며 일어선다. 성큼성큼 걸어 사무실 냉장고 문을 열더니, 생수병 하나를 꺼낸다.

"지금 상황이 어떤 상황인데 5년 타령입니까? 요즘은 표적 단백질 추적 말고도 개발 기간 단축하는 기술 많습니다. 지금, 하루에 몇백씩 죽어 나가는 비상사태 아닙니까? 길거리에서 나 정치인이요 들먹이고 다니면 돌에 맞아 죽는 상황입니다. 무서워서 TV에도 못 나오는 그 높으신 분들에게 뭐가 제일 아쉽겠습니까? 민심! 그러려면 당연히 획기적 치료 약! 게네들이 이 시점에서 비임상에 1상, 2상, 3상 실험이 맞나 안 맞나 따지겠습니까? 오히려 이런 비상시국에 그딴 절차는 알아서 해결해 줄 테니 확실하게 해달라고 사정할 겁니다. 우린 그저 나중에 꼬투리 잡히지 않을 자료만 준비하고 있으면 되는 겁니다."

에비앙 생수병을 입에 대고 한 번에 다 마셔버린 양 소장은 비워진 병의 뚜껑을 닫으며 말을 이었다.

"보십시오. 에덴병원에선 마음만 먹으면 단기에 2천 건 임상 가능합니다. 물론 경과는 지켜봐야겠지만, 공무원들이 원하는 자료는 얼마든지 만들 수 있어요. 훤하게 답이 보이는 기술을 지금 안 쓰고 언제 쓰려고요?"

팡팡 쏟아져 나오는 말들을 머릿속에 정리하려 강 사장은 눈을 끔벅끔벅한다.

"맞는 말이긴 한데……."

"보건복지부 장관, 오늘 만나기로 하셨죠? 사장님이 바로 움직여 주셔야 합니다. 어차피 최 장관이나, 질병관리본부장, 뭐……다 우리 장학생들 아닙니까. 위에서 누르면 밑에 사람은 따르기 마련입니다."

참으로 어려운 작업인데, 양승호 소장이 말하니 너무 쉬운 일처럼 느껴진다. 자신은 아주 쉽고, 양 소장은 불가능에 가까운 일을 맡아 안쓰럽기까지 하다. 양 소장은 쉴 틈 없이 몰아붙였다.

"근데, 한 가지 조건이 있습니다."

무슨 조건이냐는 듯 강 사장은 턱을 치켜든다.

"신약 허가 신청은 홍해제약 이름으로 해 주십시오."

강 사장은 속으로 그럼 그렇지. 하고 외쳤다. 저렇게 발가벗고 달려드는 이유가 있었군. 홍해제약은 10년 전, 분자생물학의 천재라는 칭호를 달고 다니던 양승호 소장이 설립한 회사였다.

모스는 양승호가 교수로 재직하던 중에 합성했다고 한다. 대학은 그냥 논문 한 편으로 만족했지만, 처음부터 모스의 상업성을 확신했던 양승호는 모스 합성과 활용에 대한 특허를 등록했다. 특허권은 당연히 대학이 가져야 했지만, 양승호는 교묘한 방법으로 자기 개인 특허로 등록했다. 그 덕에 홍해제약을 설립할 수 있었다. 지금은 시답잖은 카피 약품들을 찍어내지만, 사실 모스 개발의 모체역할을 했던 제약사였다.

모스의 가치를 인정한 에덴그룹에서 그에게 인수합병을 제안했고, 양승호 교수는 합병보다는 기술제휴의 대가로 바이에덴사의 지분을 요구했었다. 제안은 그대로 실행되었고 덕분에 바이에덴코리아 지사장 권한 못지않은 모스 연구소장으로 자리 잡을 수 있었다. 홍해제약 핵심연구원들이 모두 모스 연구소로 옮겨왔지만, 양승호 소장은 여전히 40% 이상 지분을 가진 홍해제약의 실질적 소유주였다.

"이런 깊은 뜻이 있었군."

"지사장님 홍해 지분도 상당한 거로 알고 있습니다만…… 정 아쉬우시면 주가가 바닥인 지금 조용히 매집해 놓으세요. 그 정도만 해도 충분할 겁니다. 구멍가게처럼 일이 백억 단위가 아니라는 것쯤은 아시죠? 영업비 나가는 것 감당하고도 꽤 짭짤할 겁니다."

"영업비?"

"허가 완료되면, 식약청과 단독 수의계약 체결해야 할 테고, 그러려면 어느 정도 비용은 감수하셔야죠."

독점이라…… 무수히 처리해온 전문분야가 아닌가. 강승욱 사장은 독점이라는 단어만 떠올려도 피가 끓어오르는 것을 느꼈다. 독점은 곧 돈이며, 권력이었다.

독점을 위해 얼마나 많은 피를 흘렸는지 앞에 앉은 이 작자는 실감도 못 할 것이다. 겁 없이 배양육 사업에 뛰어든 후발 기업들을 가차 없이 쳐내고, 육·해·공군 군납, 학교와 기업급식 독점…… 그리고 독기어린 축산업자의 시위까지 끄떡없이 막아냈다. 잔인하고 메마른, 그 세상의 생리를 속속들이 알고 있는 사람이 바로 자신이 아니었던가. 아니, 내가 바로 그 세상의 제왕이었다.

"자네…… 이 분야에 의외로 재간이 많군."

"위기는 곧 기회라 하지 않았습니까."

똑같이 눈을 가느스름하게 뜨고 주고받는 두 사람의 대화는 음험하고 무거웠다. 강 사장은 소매 깃을 걷어 시계를 확인하더니 소파에서 일어났다.

"껄끄러운 문제부터 해결하러 가야겠구먼."

옷걸이에 걸어놓은 양복 상의를 걸치던 강승욱 사장이 희뜩 뒤돌아보며 묻는다.

"만약에 말이야. 자네가 제대로 된 약을 못 만들면 어떻게 되나?"

"저승 문턱 넘어가는 거죠. 사장님이나 저나……."

신약개발

〈web발신〉

아무런 의미를 찾을 수 없는데 왜 살아야 하고, 왜 진화를 해야 하냐고? 생명체가 해야 할 일이 분명 있기 때문이다. 그러기 위해서 지금의 당신이 있어야 한다.

일찍이, 예언가 니체는 말했다.

"너희 자신은 위버멘쉬를 창조해낼 수 없을 수도 있다! 그러나 너희 자신으로 하여금 위버멘쉬의 선조가 되고 조상이 될 수 있도록 거듭날 수는 있을 것이다."

─『위버멘쉬 해설서』 발췌. 곽경식 교수

　

　우재는 창희가 보내온 문자를 심드렁하게 훑어보고 휴대전화를 덮었다. 우선 옆방이 시끄러워서 집중할 수가 없다. 명색이 원룸인데, 골판지로 칸막이해놓은 것과 다름이 없다. 덕분에 옆방에 사는 두 사람 이름뿐만 아니라, 무슨 일로 언성을 높이는지도 훤하게 알았다.

"야, 내가 니 돈을 떼어먹겠나? 삼억도 아니고 삼천도 아니고 고작 삼백만 원을?"

목소리를 들으니 조범락이라는 뺀질이다. 관리비 한 푼 안 보태고 친구 원룸에 얹혀사는 사는 작자인데, 듣기론 무슨 거창한 사업을 한다고 했다. 하지만 우재가 보기엔 영락없는 양아치다. 뭔가 해명하려는 상대 말소리가 웅얼거리고, 외려 목청 높이는 조범락 목소리가 전해졌다.

"야 니가 고작 삼백만 원도 없다는 걸 나보고 믿으라고? 급할 때 도와주는 친구가 진짜 친구 아냐? 응?"

견디다 못해 빌려주기로 했는지, 아니면 어이가 없어 말문이 막혔는지 잠잠하다. 저런 놈을 친구 삼아 동거하는 작자가 참 안타까울 뿐이다. 하긴, 며칠에 한 번씩 방문 두들겨, 라면 한 개만 빌려달라고 할 때마다 우재도 딱 부러지게 거절할 수 없긴 했다. 터무니없이 뻔뻔스럽고, 약삭빠르고 게걸스러운 행태를 보면 뭘 해서든 한몫 잡았을 텐데, 몇 년째 친구 원룸에 빌붙어 사는 것도 미스터리 중의 하나다.

홀로 쓴웃음을 베어 물고 있는데, 휴대전화가 울렸다. 늦은 시간에 웬 전화인가 싶었는데 뜻밖에 에덴병원의 선배였다. 어렵게

112

약을 구했으니 잠깐 와 보라는 내용이다. 저녁 여덟 시를 갓 넘긴 시간이었다.

우재의 자동차가 가릉가릉 가래 끓는 소리를 내며 밤거리를 달렸다. 차량이 의외로 많았다. 물론 예전에 비하면 턱없이 적은 교통량이지만, 불과 보름 전 대낮에도 한산했던 상황과 비교하자면 의외로 번잡하다. 고통과 죽음에 대해 면역이 생긴 것일까. 아프다는 것도 이제 너무 흔해 빠져서 무뎌질 만도 했다.

진료시간이 끝났을 텐데도 병원 안은 붐볐다. 입원 환자, 응급 환자들, 더불어 간호사들도 많이 보인다. 당장 생계를 위해 뭔가를 해야 한다는 현실을 확연히 느낄 수 있었다.

우재는 정형외과 진료실 문을 열었다. 접수도 없이, 간호사 호출도 없이 진료실에 들어가는 느낌이 좀 어색하긴 했다. 선배는 사복 차림으로 우재를 기다리고 있었다.

"선배."

"어, 왔냐?"

자신도 모르게 목소리를 낮췄다. 정우 선배도 똑같이 목소리를 낮춘다. 뭔가 해서는 안 되는 일을 하려는 사람은 본능적으로 목소리가 달라지는 모양이다. 선배 머리칼은 전보다 더 허전했고, 손가락 관절도 부풀어 있다.

"어, 늦은 시간에 미안하다야. 몸은 이상 없지?"

"아, 예. 괜찮습니다."

어떤 이유인지 몰라도 선배 시선이 우재 몸 여기저기를 불안하게 더듬는다.

"앰풀을 좀 구했는데, 많지는 않아."

"앰풀?"

"근육주사야. 내가 가르쳐주는 대로 찌르면 되니까 쉬워."

말을 그렇게 하고도 선배는 자기 손가락에 감은 밴드를 만지작거린다. 우재도 등을 꼿꼿이 세워 선배를 쳐다봤다. 선배는 설핏 우재 시선을 피하며 어렵게 입을 뗐다. 헐겁고 어색한 웃음을 흘리는 얼굴이다.

"우재야, 부탁이 하나 있다."

"예? 아, 당연히…… 말씀하세요."

"채혈 좀 하자."

어떤 의미의 채혈인지 단박 알아챘다. 우재는 흔쾌히 고개 끄덕였다. 이유를 묻는 것조차 의미 없어진 상황인데, 선배는 다급하게 덧붙였다.

"우리 막내가 숨을 잘 못 쉬어. 폐 기능이 엉망이야."

선배 변명이 끝나기도 전에 우재는 소매를 걷어 올렸다.

"진짜로…… 제 혈액이 효과가 있을까요?"

선배는 대답 없이 수액 세트를 풀고 우재 팔에 주삿바늘을 찔렀다. 왼편으로 얼굴을 돌려 눈을 질끈 감고 있던 우재가 자꾸 말을 붙인다.

"다행이네요. 제 혈액형이 O형이라서."

피는 투명한 수액 관을 뱅글뱅글 돌더니 순식간에 튜브를 채워나갔다. 검붉은 피를 빤히 쳐다보던 우재가 문득 생각난 듯이 선배를 향해 고개를 돌렸다.

"채신에게도 효과 있을까요?"

선배는 들릴 듯 말 듯 한숨을 내쉬더니 조금 목멘 소리로 대답했다.

"지금은…… 가능성만 있으면 못 할 짓이 없는 세상이야."

채혈을 끝내고 우재는 선배가 챙겨준 약봉지를 슬쩍 열어 봤다. 투명한 플라스틱 케이스에 유리로 된 앰풀이 가지런히 꽂혀 있다.

"주사기도 몇 개 얻을 수 있어요?"

무엇에 쓰려는지 선배도 짐작한듯했다. 말없이 주사실 쪽으로 나가더니 일회용 주사기 몇 개를 건네준다. 왠지 처연해진 표정이었다. 인사하고 나가는 우재를 선배가 불러 세웠다.

"우재야."

한동안 입술을 잘근거리던 선배가 억지로 눈웃음을 지어 보이며 머리와 입을 손으로 가리킨다.

"모자로 머리카락 가리고 마스크도 꼭 해라. 소문이 험악하다."

"무슨 소문요?"

"네 피……."

눈을 동그랗게 뜨고 돌아보던 우재는 알았다는 시늉으로 손을 휘휘 젓는다.

대기실 중앙에 놓인 TV에선 대국민 호소문이 방송되고 있다. TV 속 대통령은 빨간 넥타이에 감색 양복을 걸치고 정면을 응시하고 있다. 가지런히 정리된 머리카락은 그가 가발을 쓰고 있음을 충분히 짐작케 했다. 대통령이 가발 쓰고, 눈썹 화장했다고 비난할 사람은 아무도 없었다. 그러나 앵무새처럼 반복되는 담화문에는 모두가 분통을 터뜨렸다. 애먼 TV가 던져지고 나뒹군 집이 한둘이 아니었다.

연이어 중앙재난대책 안전본부장이라는 거창한 직책의 남자가 비슷한 내용을 또 떠벌인다. 그동안 내가 바로 나요. 라고 얼굴에 이름표를 써 붙인 질병관리본부장, 국립보건연구원장 등등이 의사들의 사열을 받으며 침대에 누운 환자 손을 잡아 주는 장면, 보건복지부 장관이 제약사 대표를 모아놓고 금방이라도 특효약을 생산해낼 회의를 주재하고 있는 장면도 나온다.

대통령은 반듯한 입술로 구구절절 옳은 말들을 다 쏟아낸 다음에 마지막 당부의 말을 잊지 않았다. '정부는 동원할 수 있는 모든 인력과 자원을 동원해 최선을 다하고 있습니다. 희망을 잃지 말고 기다려 주시기를 간곡히 당부드립니다.' 그러나 그의 연

116

설은 연속극 대사보다 더 현실성이 없었다. 희망을 품고 기다렸던 때는 루푸스라는 병명이 거론된, 처음 한 주간뿐이었다. 고위 관료는 중간관료에게 해결하라 지시하고, 중간관료는 하급관료에게 지시하고 앓아누워 버렸다. 힘없는 하급관료들은 성난 시민들에게 뭇매를 맞고 잠적해버리기 일쑤였다.

"어디 다른 데 재미있는 거 안 하나?"

헐렁한 환자복으로 갈아입은 팀장은 어깨판을 익살스럽게 쩍쩍 벌리더니 장전한 총알 발사하듯 리모컨을 꾹꾹 누른다. 모두가 재방송하는 다큐멘터리 아니면 음악방송들 뿐이다.

회사 지시에 따라 배양 8팀 팀원들은 에덴병원 11층으로 출근했다. 입원실 몇 개가 깨끗이 비워졌고, 그곳에는 박준오 개발실장이 대기하고 있었다.

기다리는 지루함도 잠시뿐 10시부터 본격적인 검사가 시작되었다. 몸무게 재는 것부터 시작해서 혈압 체크, 조직 세포채취, 소변검사, 채혈, MRI 촬영 등 이름도 알 수 없는 검사가 쉴 새 없이 이어졌다. 요추천자를 마치고 나왔을 땐 그토록 억세던 고영태 팀장도 침대에 퍼져 돼지 멱따는 소리를 질렀다.

"박 실장! 우리 피를 몽땅 뽑아 죽일 작정이요?"

무릎 튀어나온 미색 면바지에 하얀 가운을 걸친 박 실장은 손가락으로 안경을 바로 세운다. 그러고는 미안하게 되었다고 말한다. 전혀 미안하지 않은 얼굴로 말하고는 한마디 덧붙였다.

"당신들이 신약 개발의 희망이요."

회사에서 나눠준 검은콩 두유를 빨대로 빨아 먹던 팀원들 모두가 박 실장을 쳐다본다. 매스껍네. 두통이네. 엄살 피우며 해득 대던 소란이 일시에 가라앉아버렸다. 누군가가 풀썩 머리를 떨어뜨리고, 누군가는 두 손을 들어 마른세수를 한다. 얼굴엔 두려움이 잔뜩 묻어 있었다. 기니피그처럼 온갖 실험에 동원되다가 인류를 위해 장렬하게 죽음을 맞이할지도 모른다는 두려움이었다.

오후부터는 죄인처럼 취조를 당했다. 최근 건강상태를 문진하는 것부터 시작해서 지난 몇 년간 먹은 배양육 종류, 자주 접촉한 사람들의 건강상태, 해외여행 여부, 사고 병력, 심지어 성관계 이력까지 모조리 털어놔야 했다.

그간 고영태 팀장이 유독 태평스러울 수 있었던 이유도 밝혀졌다. 그의 아내와 자식들은 전부 건강한 상태였다. 그는 시제품 배양육을 집으로 가져가 가족들과 나눠 먹었었다.

병원 관계자 누구도 말하지 않았지만, 배양 8팀 팀원 전체가 무사할 수 있었던 이유가 시제품으로 생산된 배양육을 나눠 먹은 덕분이었다는 것도 알게 되었다. 팀원들은 각자가 파악한 비밀을 서로 속삭이며 부르르 진저리를 쳤다. 자신이 리슈볼바키아의 숙주가 되었음에, 그리고 자신을 지배한 기생충이 숙주를 살렸음에 안도의 숨을 토했다.

조사는 11층까지 배달된 저녁 급식을 먹고 나서도 계속되었다. 우재는 밤 10시가 되어서야 철제 침대에 누울 수 있었다. 피곤하고 지친 몸이지만 막상 잠은 오지 않았다. 침상을 가린 녹색 커튼이 천정에서 흘러나온 공조기 바람에 흔들렸다. 우재는 채신을 생각하며 눈을 감았다.

침상에 누운 팀원들이 몸을 뒤척이는 소리가 왠지 힘겹게 들린다. 언제부턴가 직원들은 아무런 말을 하지 않았다. 박준오 실장은 임상시험 협조의 대가로 특별 수당을 지급하겠다고 했다. 기존 급여의 세 배가 넘는 금액이었다. 저마다의 상념에 빠진 팀원들이 내뿜는 불규칙한 숨소리가 병실 안에 가득했다.

이튿날부터는 피를 뽑기만 하는 것이 아니라, 뭔가를 주입하기 시작했다. 각자의 팔뚝에 굵은 바늘을 고정적으로 꽂아놓고, 서너 시간마다 시험관 한 개 분량의 혈액을 뽑아갔다.

두 번의 금요일 밤을 보내고도 집으로 돌려보낼 기미가 없었다. 보름째였다. 11층 엘리베이터와 비상구 입구에는 털 빠진 불도그 같은 경비원이 세 명씩이나 지키고 있었다. 참다못한 차성현 대리가 불평을 터뜨렸다.

"너무한 거 아닙니까? 최소한 일주일에 한 번은 집에는 보내줘야죠."

박 실장은 입에 물고 있던 이쑤시개를 퉤 뱉더니 짜증과 직업적 예절이 섞인 괴상한 눈웃음을 지어 보였다.

"곤란합니다. 타인과 접촉해서 변수가 섞여버리면 정확한 데이터를 얻기 힘들거든요."

"변수가 섞일 게 뭐가 있습니까? 밥 먹고 잠만 자고 올 텐데."

"다른 환자와 접촉해 오염될 수도 있고……."

"뭐? 오염? 지금 가족이 다 죽어 가는데, 당신 뭐라고 그랬어? 뭐 오염?"

아침부터 휴대전화를 붙잡고 안절부절못하던 또 다른 팀원의 목소리였다. 표정만 봐도 알 수 있는 전화 내용이었기에 사정을 묻지도 않았다. 그는 촌스러운 핑크 색깔 환자복을 와락 벗어버리고 소리쳤다.

"신약이고 지랄이고 난 지금 가야겠어."

덩달아 차성현 대리도 옷을 벗어 던지자, 박 실장은 두꺼운 안경을 고쳐 쓰며 콧구멍을 벌름거렸다.

"급한 사정으로 꼭 가봐야 하는 사람, 거수."

소리쳤던 팀원이 번쩍 손을 들자, 차 대리도 손을 든다. 그러자 눈치를 보던 다른 사람들도 어물어물 손을 들어 올린다. 박 실장이 기가 막힌 듯 피식 웃더니 다시 묻는다.

"지금 포기하면 특별 수당 50% 삭감됩니다. 그래도 나갈 사람, 거수."

분노를 일으키기 충분한 제안이었다. 머뭇대던 우재까지 손을 번쩍 든다. 전부가 손을 든 것을 확인한 실장은 그제야 난감한 표정을 지었다.

"지금은 신약 개발의 중요한 고비입니다. 모두를 위한 치료 약입니다. 여러분의 이기적인 판단으로 이러시면……."

"지랄, 회사 돈벌이를 위한 거겠지."

실장 말을 자르고 누군가가 비꼬자 너도나도 한마디씩 거든다. 이마의 주름 가운데를 손가락으로 긁던 박 실장은 마지못해 양손을 치켜들었다.

"좋습니다. 세 개 조로 나눠 하루 휴가를 갖도록 하겠습니다. 주의사항을 알려줄 테니 준수해주시고, 다음날 정시에 꼭 복귀하시기 바랍니다."

몇 차례 험악한 대화가 더 오간 뒤에 팀원 일부는 사복을 차려입고 병원을 나설 수 있었다. 마스크를 쓰고 병원 주차장으로 향하는 우재는 휴대전화부터 꺼냈다.

채신은 전화를 받지 않았다. 생각 끝에, 창희에게 전화를 걸었다. 세 번의 신호음 만에 창희의 목소리가 들렸다. 잔뜩 낮춘 목소리였다.

"업무 중이니 나중에 연락드리겠습니다."

"자, 잠깐만 창희야."

바로 끊으려는 전화를 가까스로 막고는 급하게 묻는다.

"채신이 어디 있는지 알아? 전화를 안 받던데."

"다 큰 처녀가 어딜 쏘다니는지 내가 일일이 감시해야 하나?"

퉁명스러운 대답이지만 우재는 외려 반갑다. 채신에게 혈액을 주사했던 것이 효과가 있는 모양이었다.

"좀 나아진 모양이지?"

"너 때문은 절대 아냐. 지금 바쁘다. 끊어."

일방적으로 끊어버린 전화에도 우재는 기쁘다. 채신의 병세가 호전된 것이 분명했다. 어차피 창희는 채신에게 혈액을 주사하는 것에 반대했었다. 차에 올라탄 우재는 기분 좋게 시동을 걸었다. 14일 만에 깨어난 2023년식 아반떼가 온몸을 떨며 기지개를 켠다.

납치

〈web발신〉

우리는 일부만 인간이라는 사실을 인정해야 한다. 30억 쌍이 넘는 염기서열을 가진 인간 DNA 중에서 인간 고유의 유전자는 일부분뿐이다. 수천만 년 진화의 과정에서 수많은 세균, 바이러스, 기생충들이 숙주에 잠입했고, 그에 따라 각각의 유전자가 뒤섞인 상태로 진화해 왔기 때문이다.

이제 따져봐야 할 때가 되었다. 어디까지가 인간 고유의 유전자인지, '나'라고 인식하고 있는 육신의 진정한 주인이 누구인지를…….

일찍이, 예언가 니체는 말했다.

"그렇다. 자아. 그리고 자아의 모순과 혼란이 그 자신의 존재에 대하여 가장 정직하게 말한다. 사물의 척도이자 가치인, 창조하며 의욕하고 평가하는 자아가 말이다."

–『위버멘쉬 해설서』발췌. 곽경식 교수

컵라면을 먹으며 문자를 확인하던 조범락이 화들짝 놀라 국물을 흘리고 말았다. 욕설을 뱉으면서도 후다닥 일어나 옆집 동정에 귀를 기울인다. 404호의 도어록 비밀번호 누르는 소리가 분명했다.

현관문을 배꼼 열어보다가 우재와 눈이 마주치고 말았다. 조범락은 조금 모자란 사람처럼 코를 킁킁 빨아들이며 인사말을 던졌다.

"보름 만에 귀가하셨네요? 아니 14일만인가?"

우재는 본능적으로 몸을 움츠렸다. 보름만인지, 14일만인지 저 인간이 왜 관심을 가져? 그것만으로도 불길하고 찜찜하다. 굳이 말을 섞고 싶지 않은지라 웃는 시늉만 던져주고 집으로 들어갔다.

딸칵, 소리 내며 닫힌 문을 향해 조범락은 다시 코를 킁 빨아들였다. 침 묻은 손가락으로 듬성한 머리칼을 빗어 넘기더니 휴대전화를 연다.

"왔습니다."

휴대전화에서 새어 나오는 소리는 침대 밑에서 울려온 듯 느릿한 저음이다.

"언제 나갈지는 모르지만…… 아, 예. 차는 알아요. 흰색 아반떼……."

전화를 끊은 조범락이 양손을 머리 위로 올려 조심조심 기지

개를 켰다. 라면 국물이 튄 타이트한 티가 한껏 팽팽해졌다. 관절에서 우두둑 소리가 나자 말도 못 하게 아픈 표정을 지으며 입을 딱 벌렸다. 쩔쩔매며 의자에 앉는데 다시 전화가 울린다. 전화번호를 확인한 조범락이 돌연 허리를 꼿꼿이 세우고 공손해진다.

"예. 형님. 일주일만 시간 주시면 해결할 수 있습니다."

휴대전화에서 들려오는 목소리가 따가운지 얼굴을 찡그린다.

"이번엔 진짭니다. 믿어…… 손가락, 아니 모가지까지 겁니다. 예. 예."

벽을 향해 인사해가며 전화를 받더니 통화가 끝나자마자 욕설을 퍼붓는다. 누구에게랄 것도 없이 세상 모든 뚝배기를 깨뜨려버릴 욕설을 주워 담으며 주섬주섬 반바지를 챙겨 입는다. 바늘만치 벌어진 문틈으로 옆집 동정을 살폈지만 여의치 않은 기색이다. 슬그머니 문을 열고 나가더니 아예 승강기 옆 비상계단에 자리 잡고 앉는다.

샤워를 마친 우재가 다시 외출할 준비를 한다. 다림질된 면바지를 입고 파란색 줄무늬 폴로셔츠의 옷깃을 정리하면서 콧노래를 부른다. 거울 속에는 그다지 잘생기진 않았지만, 잘생겼다고 믿고 싶은 사내가 히죽거리고 있다.

전화통화만으로도 확실히 채신이 호전되었음을 알 수 있었다. '어마, 어떡해. 가방 안에 폰을 넣어서 벨소릴 못 들었어요.' 한 달 만에 듣는 채신의 맑은 목소리였다. 집 앞 마트에 식료품 사러 잠깐 들렀다가 돌아오는 길이라고 했다. 통증이라도 가라앉으니 살 것 같다며 채신은 나지막한 웃음소리도 냈다.

주차장으로 나서며 일회용 주사기를 빠뜨리지 않았는지 크로스백을 한 번 더 열어봤다. 지난번 스스로 채혈할 땐 손이 덜덜 떨려 몇 번이나 다시 꽂아야 했다. 진땀 빼며 뽑은 혈액을 채신에게 주사할 때는 몇 배나 더 긴장되었다. 채신에게선 그럴듯한 혈관도 찾기 힘들었다. 이번엔 제대로 할 자신이 생겼다. 에덴병원에서 채혈할 때 유심히 관찰한 것도 이런 이유 때문이었다.

제 팔뚝에 불거진 혈관을 슬슬 만져보던 우재가 문득 걸음을 멈췄다. 웬 덩치가 자신의 차에 엉덩이를 걸치고 있다. 한눈에 봐도 불량해 보이는 사내였다. 불쾌감이 치솟았지만, 우재는 안색을 고치며 목청을 가다듬었다. 그놈뿐 아니라 일행으로 보이는 사내들 서넛이 어슬렁거리며 담배를 피우고 있었다.

"차를 빼야 하는데요."

"이거, 당신 차요?"

국방색 스냅백 모자를 쓴 사내가 피우던 담배를 이 사이에 끼운 채로 묻는다. 미심쩍은 얼굴로 고개 끄덕이던 우재의 동공이 쫙 펴졌다. 어느새 날아온 덩치의 주먹이 우재 명치에 꽂혔다. 숨이 턱 막히고 다리에 힘이 풀려 앞으로 고꾸라진 것도 순식간의 일이었다. 우재는 저항 한번 못하고 시커멓게 선팅된 승합차에 실렸다.

눈가리개가 풀어지고 살펴보니 평범한 주택의 거실이었다. 거실 소파엔 네댓 명의 사내들이 앉아있다. 그들은 마치 잔치에 쓸 돼지를 맞이하는 사람처럼 눈빛을 번들거리고 있었다.

"도…… 도대체, 왜 이러시는 겁니까?"

목소리가 저절로 고음으로 갈라졌다. 밀가루 담은 비닐봉지처럼 머리가 매끈한 50대 남자가 흡족한 표정으로 고개 끄덕이더니 입을 열었다. 느릿하고 걸걸한 음성이었다.

"동생들이 좀 무식해서…… 내가 대신 사과하겠네."

"아니, 사과보다는, 뭐 때문에……."

마음씨 좋은 이웃 아저씨처럼 생긴 대머리는 우재의 항변에 전혀 개의치 않았다.

"어허이, 흥분하지 말래도 그러네. 오히려 내가 걱정이네. 도망치다가 크게 잘못될까 봐. 얼마 전에도 불미스러운 사고가 있었거든. 어떻게 4층에서 뛰어내릴 생각을 다 했는지. 쯧쯧…… 지금 생각해도 그 사람 참 안됐네."

대머리는 못 볼 것을 본 사람처럼 눈을 질끈 감고 팔을 휘휘 젓는다. 우재가 뭐라고 대꾸하기도 전에 덩치들이 양팔을 붙잡았다.

옆방으로 끌려들어 간 우재는 소스라치게 놀라 발버둥을 쳤다. 방음재로 사방을 덮은 방에 철제 침대 하나가 덩그러니 놓여 있었다. 우재가 펄쩍 뛰며 저항했지만, 덩치 세 명의 완력을 당해 낼 수 없었다.

그들은 발악하는 우재를 철제 침대에 묶었다. 삼십 분쯤 뒤, 동그란 얼굴에 입술만 두드러진 여자가 방문을 열고 들어왔다. 살코기 씹어 먹다가 허겁지겁 나온 사람처럼 빨간 입술이 몹시도 도드라진 여자였다. 그녀는 입술을 우재 귓가에 대고 속삭였다. 입에서 진한 담배 냄새가 났다.

"하루 50cc만 쓸게요. 자기 건강을 위해서. 약속."

여자는 대바늘처럼 굵은 주삿바늘을 우재 혈관에 꽂으며 또 한 번 씽끗 미소를 지었다.

그날 하루는 꼬박 침대에 묶여 있었다. 다음날, 아침 식판을 올려놓으면서 손발을 풀어줬다. 절대 도망칠 수 없다는 경고를 새겨준 후였다. 이튿날 밤에 탈출을 시도했다가 붙잡혀 다시 이틀간 침대에 묶인 신세가 되었다. 두 번 다시는 허튼짓하지 않겠다는 다짐을 해주고서야 손발이 해방될 수 있었다. 침대로부터의 해방일 뿐이었다. 고등학교를 갓 졸업했을까 싶은 앳된 덩치가 화장실까지 따라다녔다. 다른 덩치들은 그를 명훈이라고 불렀다.

열흘쯤 지나자 수시로 덮치는 현기증에 벽에 손을 짚고 움직여야 했다. 가끔 방문하는 밀가루 머리는 적당한 운동이 필요하다며 방안을 걷도록 명령했다. 영양보충도 중요하다며 끼니마다 고기가 나왔다. 우재는 바이에덴에서 생산한 가장 저렴한 배양육을 입속에 욱여넣었다. 구역질이 올라왔지만, 눈을 질끈 감고 욕지기마저 삼켰다. 철제 침대에 널브러진 핏물 다 빠진 시체로 발견되고 싶지는 않았다.

오후 세 시쯤엔 항상 보톡스 여자가 들어왔다. 두려운 시간이었다. 건강할 땐 느끼지 못했던 채혈의 감각을 이젠 느낄 수 있었다. 주삿바늘을 통해 빨려드는 의식의 아스스한 떨림. 누군가가 내 의식을 야금야금 먹어 치우는 허우룩한 매스꺼움.

우재는 눈을 감고 어머니를 떠올렸다. 세상 일부가 되어 버린 어머니. 어머니를 먹어치워 내가 되었듯이, 누군가는 나를 먹어치워 새로운 그가 될 것이다. 나와 다르지 않을 그 누군가는…… 내 어머니도, 나도 알지도 못한 채 그가 될 것이다. 여자가 채혈을 끝내면 한동안 헤어나지 못할 나락에 빠져들었다.

천정의 별들이 파릇파릇 빛이 난다. 먼 데서 뇌성이 들리고, 의식은 쥐 파먹은 광주리처럼 구멍이 숭숭 뚫렸다. 우재는 흘러내리는 의식을 휘어잡으려 입술을 악물었다.

"오늘도 100cc 네요?"

여자의 커피색 레깅스를 훔쳐보던 명훈이 딴전 피우며 묻는다. 딱히 답변을 바라고 던진 질문이 아니었다. 보톡스 여자는 명훈의 볼을 살짝 꼬집고 손가락을 세워 입술에 갖다 댄다. 그리고는 고개 돌려 우재를 향해서도 찡끗 윙크를 던지고 문밖으로 사라진다. 피처럼 붉고 섬쩍지근한 윙크였다.

"종수 형님, 애인……."

명훈이 소매로 입술을 문지르며 말한다. 우재가 흐릿한 눈으로 끔벅이자 겸연쩍은 얼굴로 덧붙인다.

"그 왜 봤잖아요. 목 뒤에 날개 문신한 형님…… 그 형님이 요즘 쪼들리는가 봐요. 당신 피를 팔면 10cc에 100만 원까지 받는데요."

언제부턴가 명훈의 말이 많아졌다. 보톡스 여자가 치사량의 피를 뽑고, 희멀겋게 변한 우재의 손톱을 멀끔히 내려 본 후였을지도 모른다. 으르렁대며 명령하던 태도도 바뀌었다. 퉁명하긴 해도 이것저것 설명해주는가 하면, 때로는 떠듬떠듬 변명하기도 했다.

"큰형님…… 아니, 우리 사장님이 피 팔아서 돈 벌려고 이러는 게 아녜요. 동생들 나눠주고, 저기 경찰 쪽이나 좀 먹여야 할 사람한테 쓰기도 하지만……."

명훈은 묻지도 않은 말을 주절대더니 모자를 벗어 새로 돋아난 머리칼을 슬쩍 보여주기도 했다.

혈압이 떨어져 도저히 채혈할 수 없는 날엔 영양제를 탄 수액을 맞았다. 그때도 보톡스 여자가 와서 수액을 찔러 넣었다. 채혈하던 혈관에 수액을 흘러 넣자 혈관이 터져버렸다. 보톡스는 우재 발등에 바늘을 꽂으며 눈을 하얗게 뒤집었다.

"쌍. 손해가 얼만지 알아? 자그마치 하루 오백만 원이야. 오백만 원."

여자 손가락이 파르스레한 우재 얼굴을 꼬집고 흔들었다. 네일아트로 번쩍이는 손톱이 살갗을 파고들었지만, 핏방울도 맺히지 않았다.

여자는 두툼한 입술로 온갖 포달을 부린 후 혈압계를 챙겨 들고 나갔다. 여자가 떠난 방안엔 폭탄이 터진 후의 쩡한, 정적이 흘렀다. 방음벽에 붙어 덩달아 비슬거리던 명훈이 슬그머니 우재 곁에 섰다. 손으로 입을 가리더니 마치 비밀을 알려주려는 듯 우재의 귀에 속삭였다.

"백신이 개발됐데요. 일반인이 맞으려면 좀 더 기다려야 하겠지만……."

맥없이 감겨 있던 우재의 눈이 열렸다. 한 줄기 빛이 안구를 흔들어 깨운 것처럼 눈조리개가 초점을 맞추고 동공이 검어졌다.

"오늘이 며칠이지?"

"8월 5일. 수요일."

잡혀 온 후 얼마나 지났는지 아마득하다. 에덴병원에서 집으로 돌아와 샤워를 마치고 채신과 전화통화를 했던 기억을 되돌리려 애썼다. 채신의 맑은 목소리는 기억나는데, 그때가 며칠이었는지 도무지 생각나지 않는다. 어쩌면 한 달을 꼬박 채웠는지도 모른다. 억울함이 스멀스멀 오르더니 울화통이 치밀어 오른다. 도살장 돼지처럼 저항도 못 하고 누워있는 자신이 증오스럽다.

남은 것은 쭉정이 같은 목숨뿐인데, 살고 싶었다. 그의 심장은 이대로 죽기엔 너무 억울하다고 울부짖고 있었다. 우재는 명훈을 향해 고개를 돌렸다.

"풀어줘. 제발……."

명훈은 아무런 대꾸가 없다. 그저 연민의 눈으로 마주 볼 뿐이다. 우재를 곤두박질치게 만드는 눈빛이었다.

날이 점점 더워지고 있었다. 창문마저 막아 버린 방에선 명훈도 고역이었다. 명훈을 위해 선풍기가 돌아가고, 우재는 땀내 나는 침대에서 지렁이처럼 꿈틀거렸다. 그동안 기억나는 채혈 횟수만 해도 스무 번이 넘었으니 어쩌면 한 달이 더 흘렀는지도 모른다.

"이거, 이거…… 사람이 할 짓이 아니구먼."

대머리가 언제 들어왔는지 코를 싸쥐며 육중한 저음으로 중얼거린다. 대머리가 방안으로 들어오기는 처음이라 우재도 침대에서 반쯤 몸을 일으켰다. 대머리 혈색은 전보다 훨씬 더 좋아져 있었다. 뒤쪽에 서 있는 날개 문신도 깨끗해진 피부에 생기가 넘쳐 보였다. 우재 행색을 살펴보던 대머리가 고개를 절레절레 흔든다.

"고생 많았소. 우리 식구들 아프다 소릴 안 들으니 다 당신 덕분 아니겠소. 뭐…… 좀 비싸긴 하지만 이제 치료제도 구할 수 있으니, 당신을 돌려보낼까 싶소."

우재는 허옇게 튼 입술에 침을 발랐다. 귓전에 윙윙대는 말을 믿을 수 없다는 표정이다. 대머리 뒤에서 우재를 노려보던 날개 문신은 못마땅함을 노골적으로 드러냈다.

"형님! 중국 쪽에 넘기면 못 받아도 일억은……."

"어허이, 사람이 그러면 쓰나? 지금까지 고생해준 것만 해도 고마운데…… 돈도 좋지만, 인간적으로 그러면 안 되지……."

대머리는 인간적으로라는 말을 몇 번이나 강조하며 우재 표정을 훑는다. 살려줘서 고맙다고, 감격해서 울먹여주길 기대하는 눈치였지만 우재는 기이하게 무표정하다. 사실, 우재는 열심히 혀를 놀리는 중이었다. 개새끼…… 혀끝만 그렇게 움직였을 뿐 말이 되어 밖으로 나오진 않았다.

자동차 안에서 우재는 기절한 애벌레처럼 꼼짝하지 않았다. 잡혀 올 때와 마찬가지 모습이었다. 차 안에서 뒤늦게 깨어났고 눈은 여전히 가려져 있었다. 우재는 몽롱한 중에도 몸에 닿는 감각들을 하나하나 점검해봤다.

손끝이 움찔 움직이고, 발목의 감각도 내 것처럼 느껴졌다. 손발을 테이프로 칭칭 감아놓지 않았다는 의미이다. 콧속으로 빨려든 가죽시트 냄새가 구분되고, 살갗을 간지럽히는 미세한 에어컨 바람이 시원하다.

우재는 스스로 눈가리개를 벗겨냈다. 짙게 선팅된 유리창임에도 불구하고 짧은 신음을 뱉었다. 눈이 시려 제대로 뜰 수가 없었다. 그래도 자동차가 고속도로 위를 질주하고 있음은 느낄 수 있었다. 명훈이 깨어난 우재를 백미러를 통해 힐끗 쳐다봤다. 기다렸다는 표정이다.

"종수 형이 따라오고 있어요. 종수형 알죠?"

섬뜩한 날개 문신을 왜 모르겠는가. 명훈은 왼손을 들어 이마에 맺힌 땀을 닦아내더니 밀리터리 모자를 고쳐 쓴다. 고심하고 있는 기색이 역력했다.

"어디에 내려놓든 종수 형이 다시 낚아챌 거예요. 중국 쪽에 몰래 연락하는 걸 들었거든요."

우재 입술 사이로 비슬비슬 웃음이 흘렀다. 대머리가 풀어주라고 명령했는데, 왜 다시 잡으려 하냐고 따질 필요도 없다. 못받아도 일억? 일억짜리 몸뚱이가 되어 너무 황송하다. 그래서 어이없는 웃음까지 새어 나온다.

살아있는 동안엔 혈액 공장의 연장가동이 될 테고, 죽으면 살점 찌꺼기까지 캡슐이 되어 팔려나갈 것이다. 몸뚱이는 1억인데 목숨은 아무런 가치가 없다. 별을 보고, 섭게 울고, 사랑하고, 욕망할 줄 아는 목숨이 말이다. 우재는 목이 잠겨 끈적이는 목소리로 말했다.

"사람들 많은 곳에 내려줘."

명훈이 차선 변경하는 방향지시등을 켜며 묻는다.

"그 몸으로 뛸 수 있겠어요?"

우재의 눈이 네 번쯤 깜박였다. 물론…… 뛸 수 없을 것 같다. 자신도 모르게 신음이 나온다. 검은색 스타렉스는 부산 요금소를 통과하고 있었다.

부산으로 진입한 후로 명훈은 몇 번이나 모자를 고쳐 썼다. 신호대기로 정차할 때마다 뒤에 붙은 흰색 승용차 운전자와 눈을 마주치지 않으려 애썼다.

"날 도와주면…… 너도 무사하지 못할 텐데?"

"누가 도와준대요? 난 그냥, 시키는 대로 당신을 내려주는 겁니다. 지금까지 딴청부리며 살아왔는데, 까짓것."

명훈이 목뼈를 왈살스럽게 꺾어 우두둑, 소리를 낸다. 그의 어깨에 새겨진 '♥미영'이라는 문신이 유달리 꿈틀거린다. 가만히 보니 하트 무늬 앞에 어설프게 지워진 글자가 보인다.

"여자친구?"

"누구요?"

"거기…… 미영."

과속방지턱에 걸렸는지 덜컹하고 차체가 크게 흔들린다. 명훈의 눈동자도 덩달아 허공으로 솟구쳤다.

"아, 미영이? 죽었어요."

명훈이 짤막하게 대답하고 급히 좌회전했다. 노랑 등이 적색 등으로 바뀌고 뒤따라오지 못한 흰색 승용차에서 빠앙, 하고 경적이 울린다. 애인이 죽었는데, 왜 자신의 이름을 지웠는지 묻는 대신 우재는 훅훅 심호흡했다.

두 번째 좌회전하자마자 급정거를 했다. 우재는 차에서 뛰어

내렸다. 첫 번째 장애물은 화살처럼 쏟아지는 햇살이었다. 온 세상이 하얗게 탈색되고, 머릿속까지 시려 왔다. 이내 방향감각을 잃었다. 발과 무릎이 따로 놀고 하늘이 찌그러졌다. 뜨겁게 닳은 아스팔트가 고무판처럼 솟구쳤다. 비틀거리던 우재는 다섯 걸음도 옮기지 못하고 나뒹굴었다.

출발하려던 스타렉스 조수석 창문이 열리더니, 뭔가가 휙 날아온다. 명훈이 쓰고 있던 밀리터리 모자였다. 우재는 엉금엉금 기어 모자를 집었다. 스타렉스는 시끄러운 엔진음을 내며 사라졌다. 정신없는 와중에도 따가운 시선을 느낄 수 있었다. 텁수룩한 머리칼만으로도 사람의 이목을 끌기 충분했다.

택배 오토바이, 사다리 위에서 간판 달던 인부, 커피전문점 유리를 통과한 시선이 한곳으로 쏠려 있다. 허겁지겁 모자를 쓰고 두리번거렸다. 저만치, 좌회전하여 진입하는 흰색 차량이 보였다. 우재는 커피전문점과 한의원 사이의 골목으로 뛰어들었다. 뒤돌아보지 않았다. 호텔 앞에서 머뭇거리다가 다시 오른쪽으로 방향을 돌렸다. 사람이 붐비는 곳을 찾고 있는데 보이지 않는다.

골목을 벗어난 우재는 낙담하고 말았다. 허리를 구부려 양손을 무릎에 짚었다. 드넓은 광장, 벡스코 광장이었다. 자신의 방향감각을 탓할 여유도 없었다. 아마득한 거리를 눈으로 가늠했다. 촘촘하게 주차된 수백 대 차량과 광장을 거니는 사람 형체가 두세 겹으로 겹쳐 보였다. 못하겠다고 도리질하는 심장을 달래려 우재는 후후 입바람을 불었다. 그리고는 억센 거미줄이 드리워진, 환상 같은 현실을 향해 돌진했다.

문안으로 뛰어든 우재는 혼자 나동그라졌다. 미끄러운 바닥을 기어 바깥쪽 동정부터 살폈다. 다행이 뒤쫓는 사람은 보이지 않는다. 그제야 사람들로 북적이는 벡스코 내부를 살펴볼 수 있었다.

환경에너지산업전, 섬유 소재 전시회, 참살이 건강박람회. 전시장 입구마다 다양한 현수막이 걸려 있다. 힘겹게 허리를 세운 우재는 계단 위로 시선을 돌렸다. '위버멘쉬 해설 강연(곽경식 교수) 2층 5B 홀'이라고 쓰인 안내문이 보인다. 난간에 기대어 2층을 올려 보던 우재가 계단 위로 걸음을 옮겼다.

강연이 한창 진행 중이었다. 최소 삼백은 넘어 보이는 청중들이 접이식 의자에 빼곡히 앉아있다. 우재는 빈자리를 찾아 숨기듯 몸을 옮겼다.

강단 위의 남자는 단추를 목까지 채운 와이셔츠를 입고 있었다. 머리카락이 없어 나이를 가늠할 순 없지만, 스피커를 통과한 쉰 듯한 목소리만으로도 곽경식 교수를 떠올릴 수 있었다.

"여러분 묻겠습니다. 생명체라는 것이 우연히 발생했다고 생각하십니까? 아무리 우연한 계기라 하더라도, 생명체가 자연적으로 생겨날 확률은 사실상 제로입니다. 기적? 그것도 아닙니다. 생명체는 우연을 가장하여 필연적으로 생겨난 것입니다. 제로의 확률을 어떻게 극복했을까요? 필연을 끌어내기 위한 우주적 프로그램이 있었기 때문입니다. 왜 그런 프로그램을 숨겨놨을까? 위대한 목적을 달성하기 위해서입니다."

곽경식 교수는 화이트보드를 당겨 '위대한 목적을 위한 필연적 탄생'이라고 또박또박 눌러쓴다. 하얀색 칠판에는 이미 물질의 이중성, 에너지 본질 따위의 글귀들에 밑줄이 그어져 있다.

"목적…… 여러분 생각해보십시오. 오직 생명체만이 가지고 있는 능력이 뭐겠습니까? 바로 창조하는 능력입니다. 생물들은…… 애초부터 자연법칙에 어긋난 존재들이죠. 그래서 제멋대로 움직이고, 가만히 있는 것을 옮기려 하고, 아래로 떨어지는 것을 위로 올립니다. 그럴 의지가 있다면 말입니다. 의지에 의한 변화…… 바로 창조의 시작입니다. 생물들은 저마다 창조 능력이 있습니다. 하지만 하등생물의 창조력은 한계가 있죠. 먹이를 찾고, 짝짓기하고, 죽지 않기 위해 본능적으로 움직일 뿐입니다. 고등생명체는 다릅니다. 그들은 본능을 억누를 줄 알고, 다른 방향으로 비틀어버리기도 합니다. 위험한 길을 일부러 선택하고 스스로 희생하기도 합니다. 이런 모순은 무한대의 가능성을 새로이 창조합니다."

교수는 손끝으로 자신의 머리를 톡톡 두들기더니 단상 위의 노트북을 조작했다. 그러자 강단 중앙에 있는 모니터에 동물의 진화과정을 보여주는 영상이 비쳤다.

"생각해봅시다. 위대한 목적이 없다면 그들의 진화는 수백만 년 전에 멈췄어야 했습니다. 그들은 이미 충분히 번성할 만치 진화했으니까요. 하지만 보세요. 진화는 그 뒤로도 계속 진행되었습니다. 진화의 목적이 종족 번성이 아니기 때문입니다. 그렇다면 그게 무엇이겠습니까?"

잠시 말을 끊은 교수는 대답을 기다리는 듯 청중을 휘둘러봤다. 수백의 사람들이 앉은 넓은 강당에 기침 소리 하나 들리지 않는다. 교수는 두 팔을 번쩍 펼쳐 들었다.

"위대한 창조! 그것이 진화의 목적입니다. 과학이나, 지식 같은 개념으로 만든 창조가 아닙니다. 모든 생명체 DNA에 새겨진 숨겨진 본능이자 의무와 같은 창조입니다. 그러한 창조 능력을 진화시키기 위해 생명체는 끊임없이 고뇌하고 욕망합니다. 아무리 풍족하고 명예로워도 인간은 여전히 욕망합니다. 왜 끊임없이 욕망할까요? 아직 진화의 끝에 도달하지 못했기 때문입니다. 그렇게 진화하여 무엇을 창조한다는 것일까요? 그건 조금 있다가 상세히 설명하겠습니다. 지금은 우리가 처한 현실을 좀 더 알아보겠습니다."

우재는 슬그머니 입구 쪽을 살펴봤다. 이상한 낌새는 보이지 않는다. 귀에 들어오지 않는 강연에 다시 시선을 돌렸다. 밀려오는 피곤함에 몸을 가누기가 힘들다. 눈꺼풀이 내려오고 허리가 자꾸 구부려졌다. 어디든 드러눕고 싶다. 하지만, 아직은 위험했다. 강연이 끝나고 우르르 쏟아지는 사람들과 섞여 나가는 것이 최선이다. 우재는 다시 눈을 부릅떴다.

"여러분은 못 느끼겠지만, 만물의 변화는 불연속적입니다. 곡선처럼 서서히 변화하는 것이 아니라, 계단처럼 변화합니다. 그래서 마치 갑자기 변해버린 것처럼 느껴지기도 하죠. 진화도 마찬가집니다. 우린 지금 인간보다 더 위대한 존재로 진화하는 단계에 도달했습니다. 다행히도 우린 선택할 수 있습니다. 자유의지를 가진 고등생명체이기 때문입니다. 지금 여러분이 겪고 있는 고통들…… 우리가 넘어야 할 첫 번째 단계입니다. 사람들은 질병의 창궐이라 하는데, 사실은 자신과의 싸움입니다. 우리 몸 안에 내재한 인간이 아닌 것들과 말입니다. 싸워야 합니다. 수억 년 동안 축적되어 있던, 인간이 아닌 것들을 몰아내는 결전의 시점입니다. 그래서 도달하는 순수인간. 바로 위버멘쉬입니다. 머물 것인가 진화할 것인가? 오늘날의 이 현상을 150년 전 니체는 예측했습니다. 철학자로 알고 있지만, 사실은 예언가죠. 그는 이렇게 말했습니다. '나 너희에게 위버멘쉬를 가르치노라. 사람은 극복되어야 할 그 무엇이다. 너희는 사람을 극복하기 위해 무엇을 했는가?' 그렇습니다. 우리 인간은 자신을 극복하여 위버멘쉬가 되어야 합니다. 위버멘쉬, 바로 새롭게 진화된 인류입니다."

깜박 잠이 든 모양이었다. 제풀에 놀라 깨어보니 여전히 곽경식 교수 목소리가 들렸다.

"자…… 지금까지 설명에도 불구하고 말도 안 되는 주장이라 생각하는 사람도 많을 겁니다. 무얼 목격하더라도 의심할 준비가 된 분들이죠. 이제, 위버멘쉬의 증거. 순수 인간을 보여드리겠습니다. 여러분들이 어떤 길을 가야 할지 판단할 수 있을 겁니다."

강단 뒤쪽이 어수선하더니 하얀 드레스를 입은 여자가 또 다른 남자의 손에 이끌려 나타났다. 내키지 않는 걸음의 여자는 푹 떨어뜨린 고개를 좀처럼 세우지 않는다. 우재가 상체를 앞으로 내밀었다. 강연 중에 유일하게 흥미가 동한 순간이었다.

우재가 어? 하며 모자를 위로 올렸다. 여자를 안내하고 나온 남자가 바로 이창희였다. 뭔가 불길한 예감에 고개 숙인 여자에게 눈시울을 돌렸다.

드레스 위로 드러난 어깨관절이 보통 사람보다 훨씬 부풀어 있다. 팔꿈치도 마찬가지였다. 머리는 매끈했다. 쥐 파먹은 듯 빠져 아예 머리칼을 밀어버린 사람들과는 달리, 털이라곤 애초에 없었던 것처럼 하얗게 윤이 나는 머리였다. 한마디로, 영화에 나오는 가느다란 뼈대를 가진 우아한 외계인과 흡사했다. 곽경식 교수는 여자를 예의 바르게 연단 앞으로 이끌어 세우더니 장황하게 소개했다.

"이분이 바로, 자신과 싸움에서 이겨낸, 그래서 순수 인간으로 거듭난 위버멘쉬입니다. 이 얼마나 우아한 자태입니까?"

청중들 속에서 탄성이 터져 나온다. 자세히 보려고 엉덩이를 들썩이는 사람 때문에 뒷자리에 있는 사람들이 우르르 일어나기 시작했다. 곽 교수에게 이끌려 한발 앞으로 나온 여자가 어리둥절한 표정으로 얼굴을 들었다.

순간, 우재 목구멍에서 짧은소리가 튀어나왔다. 눈이 의심스러워 몇 초간을 더 쳐다봤으나 분명히 채신이다.

"채신아?"

우재가 앉았던 의자가 우당탕 쓰러진다. 다리가 후들거려 일어설 힘조차 없었던 우재였다. 앞으로 달려가는 우재와 연단에 선 여자의 시선이 부딪혔다. 여자는 놀라서 입을 딱 벌리고, 옆에 서 있던 창희의 얼굴에 곤혹스러움이 비쳤다.

〈web발신〉

우주에서 생명체가 생겨날 가능성은 0에 무한 수렴하는 확률이었다. 그럼에도 불구하고 생명체가 만들어졌다. 사실상 0의 확률임에도 생명체가 만들어졌다는 것은, 생명체는 우연한 존재가 아니라는 것을 의미한다.

따라서 생명체는 태생적으로 필연을 지향한다. 눈앞에 먹이가 떨어지는 우연에 만족하지 않고 끊임없이 필연을 구축한다. 그리하여 지적능력을 가진 동물로의 진화를 이루어냈다. 진화는 자신의 욕망에 대한 의구심도 포함되었다. 이제 생명체는 욕망의 근원과 그들이 도달할 절망의 끝이 어떤 모습인지 필연적으로 의심하게 되었다.

일찍이, 예언가 니체는 말했다.

참으로 생에 아무 의미가 없어서 무의미라도 선택하지 않을 수 없다면 내게는 이것이야말로 가장 선택할 가치가 있는 무의미가 되리라.

　　　　　　　　　　　　　　　　　　　－『위버멘쉬 해설서』 발췌. 곽경식 교수

마지막 인간

대기실에 앉은 우재와 채신은 서로가 믿기지 않는다는 표정으로 한참을 마주 봤다.

"다 나은 거야?"

"무슨 사고가 났던 거예요?"

엇갈린 질문과 상관없이 채신의 눈은 슬펐다. 이렇게 낯선 외모로 평생 살아가야 함을 감수하는 눈빛이기도 했다.

"네가 괜찮아져서 정말 다행이다."

긴장이 풀렸는지 채신을 잡은 우재 손가락이 스르르 풀렸다. 시종 못마땅한 얼굴로 두 사람을 지켜보던 창희가 툽상스럽게 물었다.

"뭐야? 어디 처 자빠져 있다가 이제 나타난 거야? 얘가 얼마나 걱정했는지 알아? 실종신고까지 했다고.

우재는 몸서리난다는 얼굴로 의자 등받이에 풀썩 몸을 기댔다.

"잡혀있었어. 피를 뽑히고……."

우재는 그간의 일을 담담히 설명했고, 귀를 기울이던 채신이 주섬주섬 핸드백을 챙겼다.

"이럴 게 아니라 병원부터 가야겠어요."

"병원? 그 난장판에?"

당장 떠메고 갈 듯이 일어섰던 채신이 입술을 깨문다. 두 팔을 허리에 올리고는 가쁘게 숨을 내쉰다. 이 모든 상황에 화가 치민 탓이다. 우재는 채신을 물끄러미 마주 봤다. 병마와 싸운 흉터가 뚜렷하다. 하지만 여전히 아름다웠다. 공연히 벅차오르는 가슴을 고른 다음 창희를 향해 버럭 소리쳤다.

"넌 어떻게 된 거야? 왜 채신을 끌어들여 사람들 앞에 구경거리로 만든 거야?"

"구경거리라니? 진실을 보여주고 삶의 목표를 제시해주는 일인데, 구경거리라니?"

반박할 말을 찾기도 전에 창희는 연이어 씩둑거렸다.

"교수님 말씀 너도 들었지? 우리 채신이는 순수 인간으로 다시 태어난 거야. 어떤 상황인지 너도 알지? 사람들은 지금 죽을병에 걸린 줄 알고, 미친 짓도 서슴지 않고 있어. 어, 그래. 미친놈들에게서 실컷 당하고 온 니가 더 잘 알겠다."

확신에 찬 창희 시선이 우재의 초췌한 얼굴을 딛고 천장으로 솟구쳤다.

"우린 싸울 기회를 얻었음을 알려줘야 해. 인간이 아닌 것들과 싸울 의지를 깨우쳐 주는 숭고한 행위. 그런 걸 뭐라고 하는 줄 알아? 그게 바로 구원이라는 거다."

"인간이 아닌 것과 싸우다니 뭘 싸운단 말이야? 백신이 개발됐다며?"

창희가 코웃음을 쳤다.

"홍해제약에서 나온 포타민? 전부 변해가고 있는데 백신이 무슨 소용 있어? 그거 먹었다가 부작용으로 죽은 사람도 수두룩해. 치료제도 아닌 것이 1회분에 5만 원. 그것도 하루 두 번 먹어야 해. 그게 돈 지랄이지 제대로 된 약이라고 할 수 있겠어?"

"됐어요. 그만 하세요."

우재 눈 밑이 푸르죽죽해지는 것을 보다 못한 채신이 자리에서 일어났다. 채신은 오빠를 채근하여 우재를 부축하도록 했다. 우재는 창희 차에 태워지자마자 깊은 잠에 빠져들었다.

하루만 신세 지기로 했던 창희와의 동거가 의외로 길어졌다. 납치당한 일을 신고했지만, 조서를 작성하고 일주일이 넘도록 경찰서에선 전화조차 없다. 오히려 그놈들이 다시 우재 원룸에 올지 모른다는 두려움만 커졌다. 창희 가족과 함께 지내는 것도 그리 평탄치 않았다. 곽 교수 강연은 거의 이틀 걸러 개최되었고, 창희는 채신을 필수품처럼 데리고 다니려 했다. 당연히 우재는 절대 반대였다.

"얼마나 설득력이 없으면 강연에 꼭 증거가 있어야 하는 거야?"

참다못한 우재가 막아섰고, 창희 역시 발끈했다.

"넌 증거가 아니라 증거 할아비를 보여 줘도 소용없어. 왜 그런 줄 알아? 앞으로도 넌 인간에 머물 거니까."

우재는 애써 물고 있는 웃음을 놓고 정색했다.

"그래, 교수님 말씀을 착실히 믿어서 진화된 인간. 그 뭐랬지? 위버멘쉬? 아무튼, 그런 사람이 되면 뭐가 좋은데? 하늘을 날아? 초능력이 생겨?"

"무식한 놈."

"아니, 진짜 궁금해서 묻는 거야. 응? 뭘 창조한다고?"

"됐고, 정 궁금하면 너도 강연에 참석하든지, 아니면 푹 쉬면서 너는 왜 자신과 싸울 기회도 얻지 못했는지 고민해봐라. 어이, 채신아 출발하자."

우재가 다시 채신 앞을 가로막았다.

"채신아. 너도 그렇게 믿는 거야? 인간이 아닌 것과 싸워서 순수 인간이 되었다고?"

창희도 지지 않고 채신을 돌려세웠다.

"채신아. 니 입으로 말했잖아. 달라졌다고. 내가 아닌 다른 사람이 된 것 같다고. 분명 그랬잖아?"

채신은 들고 있던 강연회 안내장을 부채처럼 제 얼굴에 부쳤다. 매끈한 이마엔 땀방울이 맺혀있다.

솔직히, 순수 인간 위버멘쉬로 소개될 때는 정말 대단한 존재가 된 느낌이었다. 실제로 진화했는지, 내면이 어떻게 바뀌었는지는 모를 일이다. 자신은 예나 지금이나 똑같은 이채신이었다. 하지만, 그들에게 질병 후유증으로 외모가 바뀐 여자라고 말할 순 없었다. 아직까지는…… 인정하기 싫었다.

"그게 아니라, 난 그냥……."

난처해하는 채신의 표정에 더욱 부아가 치민다. 우재는 눈을 박아 뜨면서 그간 못마땅했던 것을 쏟아냈다.

"어렵게 잡은 학원 일도 방해해가면서 동생 끌고 다니는 게 오빠가 할 짓이냐? 진리도 좋고, 창조도 좋은데 말이야. 너 하는 거 보면 영락없는 광신도다."

"뭐? 광신도?"

창희의 얼굴에 섬뜩한 기운이 스친다. 그러나 이내 비웃음 섞어 되받아 준다.

"그래. 니 눈에도 미친 듯이 일하는 내가 보이는 모양이네. 위버멘쉬 10만 회원을 아무나 관리할 수 있겠어?"

"10만 회원?"

"곽경식 교수가 무슨 돈이 있어서 큰 강연장에 이틀 걸러 행사를 하겠나? 지금 서울·수원·광주·울산…… 나보다 더 열성적인 사람들이 득시글거려. 제발 우리 지역에 와서 진리를 전파해

달라고 말이야."

창희는 두 손을 받쳐내는 시늉이더니 허리를 꼿꼿하게 세웠다.

"돈이나 벌라고? 쓸 만큼은 있어. 내가 회원을 관리하거든. 맞아. 현실은 현실이지. 하지만 옳은 것도 현실이야. 난 교수님 이론을 확신했고 그 옳음을 현실에 맞게 재구성하는 중이거든. 현실? 진리? 이런 단어들은 아무것도 아니지. 우릴 더 정확히 표현하는 단어가 있다면 그건 바로 위대함이야."

"곽경식 교수를 따르는 조직이 있다고? 넌 그 조직의 관리자고?"

"대변혁에 따른 자연적 현상이라 이해하면 돼."

우재는 조금 전처럼 웃을 수가 없었다. 눈앞에 우뚝 선 창희가 두렵고, 앞으로 벌어질 일들이 무서워졌다. 창희는 오금 박듯 한마디를 더 던지고 현관문을 열었다.

"난 니가 불쌍해."

"내가 왜?"

"진화할 기회도 얻지 못했잖아. 넌…… 마지막 인간이야."

창희를 따라 나가던 채신이 뒤돌아 전화하겠다는 입 모양을 보낸다. 엉거주춤 선 우재는 모자는커녕 마스크도 하지 않고 나가는 채신 뒷모습을 멍하니 쳐다봤다. 그녀 모습이 사라지자 우재는 소파에 풀썩 앉으며 혼자 중얼거렸다.

"마지막 인간? 내가?"

위버멘쉬

〈web발신〉

아인슈타인 공식을 안다면 질량은 에너지가 존재하는 한 형태임을 알 것이다. 바람은 나무이파리를 흔들어 제가 품은 에너지를 살짝 보여주기도 한다. 각각의 방식이 있다. 인간의 의지는 에너지를 보여주는 또 다른 방식 중의 하나이다. 이 의지가 특별할 수 있는 이유는 자신의 질량만큼만 반응하는 일반적인 반응보다 훨씬 강력하기 때문이다.

일찍이, 예언가 니체는 말했다.

"보라, 나는 번갯불이 내려칠 것을 예고하는 자요, 구름에서 떨어지는 물 방울이다. 번갯불, 이름하여 곧 위버멘쉬렸다."

– 『위버멘쉬 해설서』 발췌. 곽경식 교수

채신은 며칠 뒤부터 다시 학원에 출근할 수 있었다. 채신이 더는 유일한 위버멘쉬가 아니기 때문이다. 불과 2주일 만에 벌어진 일이었다.

사람들의 통증이 가라앉기 시작하더니 그것이 완쾌로 이어졌다. 마치 처음 질병이 번질 때처럼, 회복되는 것도 순식간이었다. 발병 원인을 몰랐듯이 치유된 원인도 알 수 없었다. 하지만, 사람들이 떠들어대고 흥분하는 이유는 갑작스러운 회복이 아니었다.

후유증 때문이었다. 많은 사람이 그랬다. 민둥한 머리에 뭉툭하게 불거진 관절. 위버멘쉬의 증거라 일컬었던 채신의 모습과 똑같았다. 머리카락이 다시 자라고 원래 외모를 되찾은 경우는 일부에 불과했다.

이창희는 광분했다. 스스로 순수 인간성을 찾은 자는 위버멘쉬로 진화하였고, 깨닫지 못한 자는 인간에 머물고 말았다. 이 모든 현상이 곽경식 교수의 주장 그대로라고 목청을 높였다.

이창희가 눈코 뜰 새 없이 바빠졌다. 위버멘쉬 조직 총괄 본부를 서울에 마련했다고 자랑하더니, 어느 날부터는 아예 집에 들어오지 않았다.

"곽 교수님이랑 오빠가 TV에 나온대. 오늘 꼭 보래. 저녁 여덟 시."

창희와의 전화통화를 끝낸 채신이 신기하다는 투로 말했다. 즉석 카레 두 개를 쇼핑카트에 담던 우재는 엉뚱한 소릴 하며 코를 벌름거린다.

"아…… 채신이 해준 따신 밥 먹고 싶다. 가만히 누워서 얻어 먹을 땐 참 좋았는데……."

채신이 눈을 흘긴다. 그러나 입은 웃고 있다. 용기를 얻은 우재가 짐짓 제 눈썹에 힘을 준다.

"우리가 얼마나 비효율적인지 한번 따져보자고. 마트에서 만나 각자 식료품을 산다. 남처럼 따로 계산하고, 각자 집으로 돌아간다. 응? 각자 멍하게 TV 보면서 밥 먹는다. 이건 뭐. 응? 응?"

심히 안타깝다는 투로 도리질하면서도 우재는 연신 채신 표정을 곁눈질한다.

"뭐가 응, 응, 이에요? 어쩌라고?"

"일. 가는 김에 영도 집에 함께 간다. 이. 기왕 만드는 김에 2인분으로 요리한다. 삼. 같이 맛나게 먹는다. 사. 나란히 앉아 TV를 보면서……."

눈동자를 굴리며 읊어대던 우재 목소리에 점차 능글맞은 톤이 섞인다. 작은 손바닥이 우재 어깨를 찰싹 때리고, 채신이 한발 앞서 카트를 민다.

"말투가 더 징그러."

우재도 속도를 높여 채신 옆으로 카트를 붙였다.

"아버님도 완쾌되셨잖아? 내가 가면 좋아하실걸?"

"아빤 남해에 볼일 보러 가셨어요."

"정말? 끝내주는 날이네."

"절 대 안돼요."

"나, 복직해서 월요일부터 출근하는데, 밥 한 끼 같이 못 먹어?"

채신이 아, 하며 콧잔등을 찡그린다.

"그럼 저녁 먹고 늦어도 아홉 시 전엔 가야 해요. 알았죠?"

"당근! 야하, 미치겠다. 너 대체 무슨 상상을 한 거야."

채신이 우재 옆구리를 꼬집는다. 에헤헥하는 괴상한 비명을 내면서도 우재는 가만히 옆구리를 내민다.

8시에 시작되는 TV 방송은 일종의 특별기획이었다. 요즘 이슈인 곽경식 교수의 강연과 위버멘쉬를 믿는 사람들을 르포형식으로 취재한 내용이었다.

거실 테이블에 발을 올리고 캔 맥주를 홀짝대던 우재가 음향 버튼을 두 번 더 올리며 채신을 부른다.

"채신아. 나온다. 창희 나온다."

머리카락이 말갛게 없어진 이창희가 근엄한 얼굴로 화면에 나타났다. 인터뷰 화면 아래에는 '위버멘쉬 창조연합 사무장'이라는 자막이 붙어있다. 민머리의 여자 기자가 전국에 회원이 얼마나 되느냐고 묻자, 현재까지 30만 명을 돌파했으며 앞으로 폭발적으로 늘어날 것이라고 대답했다.

기자는 마이크를 자신 쪽으로 옮겨 질문했다. 곽경식 교수의 강연은 결국 신이 존재하지 않는다는 결론에 도달하는데 이 주장으로 종교단체와 마찰이 많다며 이에 대한 견해를 물었다. 이창 희는 짐짓 미소를 띠며 대답했다.

"잘못 이해하고 있습니다. 우린, 신이 있다. 없다. 라는 이분법 적 논리로 말한 적이 없습니다. 유일신에 대한 일방적 믿음을 강 요하는 것은 위험하다고 말한 적은 있습니다. 이교도에 대한 학 살. 종교전쟁. 그간의 역사가 말해주지 않았습니까? 오히려 종교 인들에게 한 가지 묻고 싶은 것이 있습니다. 왜 사람이 만든 형상 에서 신을 찾으려 하는 겁니까? 그들이 말하는 신과 가장 비슷한 것이 있다면, 우리 인간에게 있을 것입니다. 이제는 우리 내면에 숨어 있는 위대한 힘을 들여다봐야 합니다."

서둘러 양치를 끝낸 채신이 소파에 앉자 공교롭게 화면이 바 뀐다. 우재는 조미 김 두 장을 와삭 씹으며 옆에 앉은 채신에게 물었다.

"야하, 네 오빠가 언제부터 저리 말을 잘하게 됐냐?"

"울 오빠 원래 말 잘해요. 말만 잘해서 탈이었죠."

우재가 맥주를 권했지만, 채신은 고개 저으며 TV에 시선을 던 진다. 화면에는 목사라고 소개된 사람이 흥분된 어조로 곽경식 교수를 비난했다.

"제 얼굴을 보세요. 하나님의 종인 저도 치유되었습니다. 저들 이 소위 말하는 위버멘쉬의 모습으로 말입니다. 저의 치유가 제 몸속의, 인간이 아닌 것들과 싸워 이긴 결과겠습니까? 전 오직

154

하나님께 기도했을 뿐입니다. 위버멘쉬라고요? 그 사람들이 두려워하는 게 뭔지 아십니까? 저들은 천국이 있을까 봐 두려운 겁니다. 당연히 지옥은 생각도 하기 싫겠지요.”

눈을 하얗게 번뜩이다가 입가에 경멸을 찔끔찔끔 흘려대는 목사의 인터뷰가 한동안 이어지더니 다시 화면이 바뀐다. 이번엔 서재로 보이는 작은 방이 나타난다.

곽경식 교수였다. 교수는 만지작거리고 있던 책 한 권을 기자에게 건네준다. 제법 두꺼운 책이었다. 기자는 카메라에 잘 비치도록 책을 앞으로 내밀었다. 『위버멘쉬 해설서』라는 제목이 클로즈업되고, 교수의 설명이 이어졌다.

“받아들이기 어렵다는 걸 알고 있습니다. 뜬구름 같은 주장으로 보일 수도 있습니다. 하지만 진실인 것은 어쩔 수 없습니다. 모든 에너지가 물질로 바뀔 수 있다는 이론처럼, 물질은 파동과 입자의 성질을 모두 내포하고 있다는 이론처럼, 실생활에서는 확인할 수 없지만, 그 법칙이 우리 세상의 근간을 이루고 있습니다.

저 혼자만의 주장이 아닙니다. 철학자 니체는 인간이 살아야 하는 이유를 이미 알고 있었습니다. 우주를 관측할 허블망원경도 원자를 분석할 입자가속기도 없었던 150여 년 전에 말입니다. 그는 우리 인간이 위버멘쉬로 진화해서 새로운 세상을 창조하기를 희망했습니다. 니체는 사실상 위대한 선각자이자 예언자이기도 합니다.

이 책은 위버멘쉬 해설서입니다. 니체가 설파한 위버멘쉬가 무엇인지, 어떻게 행동하면 위버멘쉬가 될 수 있는지에 대해 일반인도 이해하기 쉽게 설명해놓았습니다. 아무쪼록 많은 분이 읽어보시고 진정한 위버멘쉬로 거듭날 수 있기를……."

"저 책 잘 팔리겠네."

우재가 반쯤 비워진 맥주 캔을 테이블에 올려놓으며 말했다. 진심인지 비꼬는 말인지 모호한 말투다. 그러고는 채신의 옆얼굴을 빤히 쳐다본다. 갑자기 뭔가가 떠올렸는지 우재가 목젖을 꿀꺽 올리더니 묻는다.

"느낌이 어때? 위버멘쉬가 된 느낌."

채신은 한동안 입을 열지 않았다. 시선은 TV에 있지만, 그녀 눈은 과거 어디를 더듬는 듯 이리저리 흔들렸다. 지레 찔끔한 우재가 뒤통수 긁듯이 오른쪽 눈썹을 문지를 때 채신의 목소리가 들렸다.

"이번 생은 다 틀렸다 싶었죠. 이런 외모로는 밖으로 나갈 수도 없었어요."

채신은 콧등을 찌푸리며 고개를 젓더니 이내 어깨를 으쓱 올렸다.

"사람들은 믿고 싶을 거예요. 곽경식 교수 말대로라면 외계인 같은 외모가 끔찍한 질병의 후유증이 아닌 것이 되니까요. 오히려 자랑스러운 증거가 되겠죠. 사실이든 아니든 그렇게 믿고 싶을 거예요.”

채신 입술에서 나온 냉기로 거실이 서늘해진 느낌이다. 우재
는 신발 물어뜯다 들킨 강아지처럼 눈을 연거푸 깜박거렸다.

“아니, 그런 뜻으로 물은 게 아니라, 그냥 다시 회복된 느낌
이…….”

“회복된 느낌? 그게 궁금해요?”

“응? 아니, 궁금하다기보다는…….”

눈동자를 사방으로 굴리는 우재에 채신이 픽 웃는다.

“세상이 낯설게 느껴졌어요. 내 얼굴도 낯설고, 우재 오빠도
낯설고…….”

채신이 바싹 다가앉으며 목소리를 낮췄다.

“죽었다 살아난 느낌. 그래서 모든 것이 아름답고, 모든 것이
고맙고, 또…… 우재 오빠도 새롭게 보이고…… 아! 그전에 상상
도 못 할 정말 무서운 경험도 했었거든요.”

우재의 눈에 설핏 힘이 들어가고, 얼굴까지 진지해진다. 채신
은 살짝 눈을 감고 뭔가를 음미하듯 깊게 들이마신 공기를 천천
히 내뱉었다. 그리고 천천히 눈을 뜨고 우재를 쳐다봤다.

“그때, 이상한 걸 느꼈어요. 나는 애초부터 뭔가를 잃어버린
존재였다는 느낌. 그래서 부족한 내 일부를 찾아 끊임없이 헤매
야 했던 게 아닐까? 그 일부가 뭔지도 모른 채 말이에요. 아직도
난…….”

우재가 뭔가를 발견한 표정으로 채신 얼굴에 눈을 바싹 갖다 댄다. 이번엔 채신이 움찔 놀라며 말을 멈췄다.

"예전부터 궁금했었는데…….."

"예?"

"어째서…… 속눈썹은 빠지지 않았을까?"

확 달라진 어투의 물음에 채신의 귀 끝이 달아오른다. 살짝 고개 숙인 채신이 다시 얼굴을 들어 새삼스레 눈을 크게 떠 보였다.

"저도. 그게 신기해요."

둘은 한참이나 상대의 투명한 눈 속을 들여다봤다. 채신은 이렇게 오랫동안 서로를 응시한 적이 언제였는지 잠깐 떠올렸다. 동시에, 잠깐 잊었던 울혈이 또다시 불거지는 것을 느꼈다. 그러나 그 아릿함은 순식간에 사라졌다.

"오빠 나 말할 게 있어요."

"어? 고해성사 같은 거야?"

대꾸해줄 말을 찾아 우물거리는 채신을 향해 우재가 짐짓 사팔뜨기 눈을 하며 성부 성자를 긋는 시늉을 한다.

"하나도 궁금하지 않노라."

우재의 능청에도 채신은 웃지 않았다.

"그때, 에덴스피어에서…….."

행여, 무슨 말을 토해낼까 싶어 우재가 채신의 입술을 막았다. 그 따뜻한 느낌에 놀란 채신이 숨을 멈추고 천천히 눈을 감았다.

사큘리볼모나스

〈web발신〉

신경계가 발달하기 이전부터 개별 세포들은 서로 간에 소통할 방법을 알고 있었다. 세포들은 관제탑의 지시를 맹목적으로 따르지는 않았다. 때로는 그들만의 언어로 소통하며 자율적으로 반응했다.

세포를 통제하는 데 성공한 생명체는 신경계를 가진 고등생물로 진화할 수 있었다. 하지만, 그들은 그 대가로 끊임없이 필연적 가능성을 찾아 헤매야 했다.

일찍이, 예언가 니체는 말했다.

"무엇으로부터 자유지? 이제 너의 눈은 분명히 내게 말해주어야 한다. 무엇을 향한 자유지?"

-『위버멘쉬 해설서』 발췌. 곽경식 교수

"매출이 반 토막이더구먼?"

에스테틱 좌훈실에 나란히 앉은 강승욱 사장이 툭 던지듯이 뱉는다. 예상에 한 치도 벗어나지 않는 말이다. 이 말을 하고 싶어 안달이 났을 텐데, 여태껏 몸에 털이 다 빠지니 주름이 거슬린다는 둥, 엉뚱한 말로 능청을 떨었나 싶다.

"욕심도 차암. 그만하면 몇 년 치 먹거리는 챙겼잖습니까. 어차피 천년만년 뽑아먹을 아이템도 아니었고……."

강 사장의 벗겨진 머리 아래로 땀방울이 줄줄 흐른다. 그가 좌훈실 안에서 몸을 비틀자, 진흙이 뒤섞는 듯한 소리가 난다.

"아, 재미야 봤지. 그 뭐야, 그 위버멘쉬가 뭔가 하는 작자들이 설치지만 않았어도 한 6개월은 더 갔을 텐데 아쉽다는 거지."

"그 사람들이 왜요?"

"왜라니? 포타민 덕분에 치유됐다는 소문이 나야지, 진화가 어떠네, 순수 인간이 어떠네 하면서 설쳐대니 매출이 떨어졌잖아."

"난 오히려 고맙더만."

"뭔 소리야?"

"덕분에 역학조사도 쑥 들어갔잖아요. 뭐, 지들 말로는 진화의 필연적 단계라고 했으니, 발병 원인 찾아서 목매달 필요도 없어졌죠. 보세요. 미국 본사나 한국 질병관리본부에서도 우리가 보낸 해명자료에 별말이 없잖습니까? 배양육은 작년보다 매출이 두 배로 뛰었고요. 위버멘쉬? 완전 땡큐입니다."

"이 사람아. 그걸로 넘어간 것 같아? 내가 여기저기 얼마나 약을 처발랐는데?"

"사람이 다 그렇습니다. 믿고 싶은 것만 믿는 겁니다."

양승호 소장이 좌훈기를 열고 일어나더니 스트레칭을 하듯 두 팔을 휘휘 돌렸다.

"가끔씩, 이런 이벤트도 열어주니, 세상 차암 재밌지 않습니까."

"근데, 지금도 궁금한 게 있는데 말이야. 배양육을 먹지 않은 애들도 증상이 생기는 건 대체 무슨 현상이야? 그건 도무지 설명이 안 돼."

양승호 소장은 어깨를 으쓱했다. 세포 간에 집단행동이 일어났을지도 모른다. 연결점이 없는 세포끼리 서로 소통이 가능하다는 이론이 있었다. 임계점을 넘어선 세포가 어떤 신호를 다른 세포에 보냈을지도…… 물론 가정일 뿐이다. 근거 있는 이론이 아니기에 양 소장은 어떤 말도 해줄 수 없었다.

"아이갸, 전립선 훈욕이 좋긴 좋구먼. 이놈이 또 성질을 부리네."

벌어진 가운에 호들갑을 떨던 강승욱 사장이 유난스러운 몸짓으로 가운을 다시 두른다. 기대에 찬 눈빛이다.

해운대 비치호텔 스위트룸 소파에 나른하게 기댄 양 소장은 손목시계를 확인했다. 세시까지 삼십 분이 남았다. 주름 제거와 탄력 솔루션이라는 알아듣기 힘든 피부마사지를 받으며 잠깐 눈을 붙였는데도 눈꺼풀이 무겁다. 하지만 기분 좋은 나른함이다. 양 소장은 입을 크게 벌려 마음껏 하품을 즐긴다.

"사큘리볼모나스……."

쩝, 소리를 내며 입맛을 다시던 입술에서 혼잣말이 튀어나온다. 우연히 생성된 모스였다. 초창기엔 미생물 데이터가 많지 않았다. 부족한 자료에 의욕만 앞세우다 보니 마구잡이로 합성을 했었다. 유용하겠다 싶은 기생 미생물을 선택해 합성하고 유효성 여부는 그 뒤에 확인했다.

분명 뭔가 대단한 것이 튀어나올 것이라는 확신이 있었다. 그것으로 엄청난 부를 거머쥘 것이라는 기대가 더 컸을지 모른다. 유전자를 잘라내는 크리스퍼 작업이 반복될수록 조급함이 더해졌다. 그때는 그것을 열정이라 믿었다. 그 열정에 의하면 의례적인 안전절차는 시간을 깎아 먹는 장애물일 뿐이었다. 그깟 미생물 몇 마리쯤 몸에 들어와도 상관없었다.

배양액이 얼굴에 튀거나, 바늘에 찔리는 사고는 다반사였다. 어차피, 합성된 미생물은 인체에 안착해서 살 수가 없다. 대부분이 그렇다는 말이다. 좀 찝찝하다 싶으면 항생제를 먹고, 푹 쉬면 아무 문제가 없다고 생각했었다. 그런데, 그놈은 전혀 달랐다.

감염된 모스는 '사큘리나'라는 기생충을 모재로 합성시킨 9종의 모스 중 다섯 번째 샘플이었다. 그 모스가 자신을 숙주로 만들어 조종했던 90일간은 평생 잊지 못할 경험이었다.

세상이 화려한 냄새로 가득 차 있었다. 그것은, 손바닥 크기의 흑백 브라운관 세계에서, 총천연색 풀 HD 컬러 TV 속으로 옮겨진 것처럼 놀라운 경험이었다. 물 냄새, 바람 냄새, 수백 가지의 음식 냄새를 구분할 수 있었다.

데이트 끝내고 돌아가는 여자에게서 모든 흔적을 그려낼 수 있었다. 어떤 차이, 어떤 방식으로 머릿속에 그려지는지는 자신도 몰랐다. 그냥 여자의 지난 행동이 저절로 떠올랐다. 여자와 접촉한 남자의 체취, 달콤한 아이스크림, 새로 바른 립스틱 냄새까지 구분이 되었다.

감염된 동안 뭔가에 홀린 듯이 거리를 배회했다. 인간이 가지지 못했던 능력을 신나게 누려볼 만도 했지만 그럴 수가 없었다. 알 수 없는 갈망이 온몸을 덮어버렸기 때문이다. 갈망이 가리키는 냄새를 찾아 끊임없이 돌아다녔지만, 무얼 찾아야 하는지 자신도 몰랐다. 90일 동안, 세상에 존재하지 않는 냄새를 찾아 미친개처럼 코를 킁킁댔었다.

감염된 모스가 체내에서 사멸되자 비로소 정신이 들었다. 동시에, 세상은 다시 단조로운 흑백으로 돌아왔다. 무미건조하기 짝이 없는 세상. 그러나 아무리 화려할지라도, 절대로 채워지지 않을 갈망에 두 번 다시 시달리고 싶지는 않았다.

이 신기한 모스에 사큘리볼모나스라는 이름을 붙였다. 그리고 갈색 배양액에 담긴 이 신비한 미생물을 향해 질문했다. 넌 대체 무슨 목적으로 숙주를 이렇게 변화시킨 거야? 단순히 후각세포 각성만으로는 그토록 냄새에 예민해질 수 없다. 자극전달 과정뿐만 아니라 후각세포의 증식에도 관여한 것 같았다.

숙주의 후각을 폭발시킨 이유가 분명 있을 것이다. 호르몬 조종으로 숙주를 바꾸려 한 것일까? 그러나 앞뒤가 맞지 않는다. 감염된 동안엔 다른 사람과 접촉하는 것조차 싫었다. 심지어 아내의 접근마저 귀찮을 정도였다.

더 깊숙이 파고들 여유가 없었다. 여하튼 이 합성 모스는 그가 목표로 한 모스가 아니었다. 더구나 불과 한 달 뒤에 구강편모충 합성 섹터에서 조직 괴사를 막아주는 모스를 찾아냈다. 배양육산업의 대중화를 이끈 첫 번째 모스였다.

논문 발표를 하고, 특허 등록으로 바쁜 중에도 사큘리볼모나스에 대한 물음이 문뜩문뜩 떠올랐다. 바이에덴사와 MOU를 체결하고, 모스 연구소를 설립하고, 에덴스피어의 거대한 돔이 건축되는 바쁜 시기에도 그랬었다. 풀지 못한 숙제처럼 그를 찜찜하게 했었다.

그러던 어느 날, 번뜩 떠올랐다. 애인과 통화하며 시시덕대던 연구원 녀석을 반쯤 죽여 놓다가 떠오른 생각이었다. 혹시, 암컷 기생충을 찾는 것이 아닐까? 합성으로 탄생한 놈이 세상에 존재하지 않을 암컷 냄새를 찾아 끊임없이 헤맸던 것은 아닐까?

그간, 무성생식을 우려하여 사큘리나 수컷만을 사용했었다. 그래서 이번엔 암컷으로 다시 합성을 시도했다. 반복 작업은 애인과 노닥거리다 딱 걸렸던 신태형 연구원에게 맡겼다. 볼바키아 합성에도 관여했기에, 나름 믿고 맡길 수 있는 녀석이기도 했다. 겨우 석사과정만 마치고 입사했던 그는 두 달 만에 핏발선 눈으로 모스 합성이 완료되었음을 보고했다. 박사 학위가 대부분인 연구소에서 능력을 인정받을 절호의 기회라 여겼을 것이다.

암컷 모스의 데이터 시트를 책상 위에 올려놓고 잠시 고민을 했다. 어떻게 테스트해볼까? 문제가 생겨도 조용히 처리할 수 있는 대상. 길게 고민할 필요도 없었다. 에덴스피어는 밀폐된 공간이고, 그곳에서 발생한 문제는 얼마든지 덮을 수 있었다. 다루기 쉬운 대상을 고르기만 하면 되는 것이다.

고현지. 모스 연구소의 정식 연구원이 되기 위해 쇠도 씹어 먹을 각오가 되어있는 여자. 그런 각오를 주위에 불불 풍기고 다녀도 평판은 꽤 좋았다. 게다가 업무 능력은 물론이며 성격도 밝아서 단조롭기 짝이 없는 에덴스피어 공간에서 활력소 역할을 했었다. 간단히 말하자면, 욕심이 동할 정도로 매력적인 여자였다.

다분히 사적인 기준으로 고현지를 선택했다. 그녀는 이틀 후에 사큘리볼모나스에 감염되었다. 방법은 아주 간단했다. 정기 면담 자리에서 오렌지 주스를 내밀기만 하면 됐으니까. 오랫동안 맛보지 못했을 테니 달콤하기 그지없었을 것이다.

물론, 외부음식은 반입금지다. 음식은 물론이며 외부인 누구도 출입금지다. 이산화탄소 농도를 낮추기 위해 외부 공기를 투입하지 않았고, 고장 난 보일러 부품도 반입하지 않았다. 에덴스피어는 외부와 완전히 단절된 밀폐공간이다. 겉으로 보기에 그렇다는 의미다. 단절시킨 공간은 때론 누군가에게 가장 다루기 쉬운 영역이 되기도 한다.

며칠을 기다렸다. 일주일쯤 후엔 궁금함을 참지 못해 에덴스피어에 직접 전화를 걸었다. 별일 없냐고 물어봤지만, 별일은 없었다. 보름 후에 에덴스피어에서 전화가 왔다. 팀장격인 배정욱 대원은 마치 자신이 잘못한 일인 양 어쭙잖은 목소리로 보고했다. 고현지 대원의 심리 상태가 몹시 불안하다는 내용이었다.

그녀를 면담하러 가기 전에 암컷 모스에서 추출한 호르몬을 몸에 발랐다. 1ppm도 되지 않는 극소량의 호르몬이었다. 면담실에 나타난 고현지의 반응은 깜짝 놀랄 정도였다. 그녀는 오직 몸에 묻은 냄새만을 탐닉했다. 그리고 그 냄새의 원천과 섞이기를 원했다.

아이러니하게도 그녀 몸속의 기생충은 수컷이라는 사실이다. 그놈은 자신의 숙주를 점령해서 순식간에 수컷이 가진 욕망에 허우적대도록 만들었다. 여자는 마치 대서양을 넘어온 제왕나비처럼 맹목적이었다.

166

사큘리볼모나스는 비밀스러운 보물이다. 누구든 황제로 만들어 주는 마법 같은 권력이기도 했다. 자정이 지나면 다시 호박으로 돌아오는 마차처럼, 인체 내 생존 기간인 90일이 지나면 저절로 사멸되고 원상태로 돌아오는 마법이었다.

양승호 소장은 다시 손목시계를 확인했다. 지금쯤, 강승욱 사장은 연예인과 즐기고 있을 것이다. 언제 데뷔했는지 알 수도 없는 여자이지만 강승욱 사장은 연예인 간판을 붙인 것만으로도 녹아내렸다. 무시 못 할 비용을 기꺼이 지불해 줬다. 필요한 시기에 그 이상을 빼낼 수 있으니 손해 보는 장사는 아니다.

강 사장은 양 소장이 천박한 짓을 공유하는 동지 같은 느낌이겠지만, 양 소장은 돈만 제시하면 응해주는 여자에 혹하는 강 사장을 오죽잖게 여기고 있었다. 양 소장에게 매력 있는 여자는 돈으로 살 수 없는 여자였다. 그는 그런 여자를 옭아맬 마법을 부릴 수가 있었다.

때마침, 나지막한 노크 소리가 들리고 스위트룸의 문이 열린다. 이제 막 기르기 시작한 새카만 머리카락에 통통한 볼을 가진 여자다. 요즘엔 너도나도 위버멘쉬로 변형된 외모가 진정한 아름다움이라고 떠들어댄다. 그렇게 떠드는 방송을 보며 양 소장은 낄낄대며 웃었다. 가소로운 위선자들…… 아름다움에 대한 본능이 그렇게 쉽게 바뀔까. 말은 그렇게 할지라도 몸은 거짓말을 하지 않는 법이다.

여자는 들어서자마자 스위트룸의 공기를 크게 들이마신다. 여자의 동공이 커지더니 이내 양 소장을 뚫어질 듯 쳐다본다. 하염없이 깊어진 까만 눈동자가 양 소장을 통과해서 그의 몸속 내장 한쪽에 있을 무언가를 좇는 듯 보였다.

"잘 찾아왔군."

여자는 집으로 배달된 편지를 보고 찾아온 것이다. 시간과 장소, 그리고 스포이트로 떨어뜨린 한 방울 호르몬이 편지 내용의 전부였다. 일주일 전에 편지를 부쳤으니, 여자는 최소 5일 동안 거품처럼 부글대는 갈망에 시달렸을 것이다.

갈망과 현실의 경계에서 몸부림치다 결국, 망령이 되어 달려온 여자. 여자는 날카로운 송곳니로 목덜미를 물어뜯어 주길 바라는 눈빛으로 양 소장을 바라봤다. 그러나 눈빛 안쪽엔 일종의 경멸이 숨겨져 있었다.

뭉툭하고 낯선 손가락이 여자 목덜미를 뻣뻣하게 만들었다. 여자는 가늘게 떨었다. 검은 이끼를 머금은 듯한 입술이 조금 벌어졌지만, 아무런 말도 토해내지 않았다.

양 소장은 여자의 따뜻한 체온을 음미했다. 어차피, 여자는 제자리로 돌아갈 것이다. 누런 구정물을 뒤집어쓰고 휘청거리며 사라질 것이다. 지금까지 불러냈던 수많은 여자처럼, 갈증에 굴복한 자신을 자책하며 어깨를 떨어 흐느끼며 돌아갈 것이다.

순수 인간의 시대

〈web발신〉

우주를 제외하고 창조 능력이 있는 물체는 생명체뿐이다. 생명체는 생존을 위해 진화한 것이 아니다. 창조 의지를 키우기 위해 진화하였다. 오늘날, 인간이 최고의 의지를 갖춘듯하지만, 인간은 신인류가 되기 위한 교량일 뿐이다. 최종 진화한 생명체의 창조 의지. 그것이 빅뱅을 일으킬 것이다.

일찍이, 예언가 니체는 말했다.

"나 너희에게 위버멘쉬Ubemensch를 가르치노라. 사람은 극복되어야 할 그 무엇이다. 너희는 사람을 극복하기 위해 무엇을 했는가?"

– 『위버멘쉬 해설서』 발췌. 곽경식 교수

"뭐? 차성현 대리도 아프다고?"

안전화 끈을 묶던 고영태 팀장이 흰자위를 내보인다. 그러잖아도 짜증이 쌓여 있던 팀장이었다. 배양육 판매는 호조를 보이는데, 가동중지 되었던 설비를 다시 세팅하랴, 이식한 모스 생육 상태 점검하랴, 출근 가능한 인원을 2교대로 돌려도 일손이 부족했다. 불량률은 치솟고 긴급회의라는 명목으로 수시로 중역실로 불려가는 팀장 뒷모습이 안타까울 정도였다.

일하는 도중에 몸이 아프다며 에텐병원으로 갔던 차성현 대리가 아예 드러누워 버렸다. 차 대리까지 포함하면 배양 8팀에서 4명이나 결원이 생긴 셈이다. 우습게도 모두가 루푸스 증상이었다. 리슈볼바키아에 감염된 배양 8팀은 절대 루푸스에 걸리지 않을 것이라 믿었었는데 어찌 된 노릇인지 모를 일이다.

"젠장, 아픈 놈 때려잡을 수도 없고…… 그 자식은 회사에서 나눠준 포타민도 안 먹었데?"

팀장에게 보고하던 직원이 눈치껏 배시시 웃는다.

"우리 팀원 중에 포타민 먹은 사람이 누가 있겠어요?"

듣고 보니 맞는 말인지라 고영태 팀장은 애먼 검사 성적서를 집어 던지며 투덜거렸다.

"시팔, 남들 드러누워 있을 때 실컷 피 뽑히고, 남들 일할 때 머리털 다 뽑히게 생겼네."

"우리도 루푸스에 걸릴 수 있다는 걸까요?"

"낸들 아나? 그 뭐냐. 모스 연구소의 박 실장, 그 친구도 알아?"

"박준오 실장님요? 보고했는데, 글쎄…… 좀 심드렁하던데요."

"피는 쪽쪽, 잘만 뽑아가더니만, 왜 모른 척이야?"

"한번 조사해보겠대요."

"야! 너 지금 뭐 해?"

휴대전화를 만지작대며 혼자 실실 웃고 있던 우재가 화들짝 놀라 고개를 든다.

"남들은 바빠 눈알이 핑핑 돌아가는데, 누구는 아주 한가롭네?"

"문자 온 거 확인만 했습니다요."

억울하다는 항변이었는데, 미처 지우지 못한 미소 덕분에 오히려 공손한 얼굴로 비쳤다.

"물량산출 보고서 언제 줄 거야?"

"팀장님 현장 다녀오시면요."

"갔다 와서, 내 책상 위에 없으면 넌 죽음이다."

평상시엔 세상에 없을 호인이다가도 심통 나면 사방으로 불똥을 튕기는 팀장이었다. 팀장이 무전기를 챙겨 들고 나가자 우재는 입술을 삐죽거린다. 그러나 그의 눈자위엔 반딧불 같은 설렘이 반짝였다.

우재는 휴대전화를 열어 문자를 다시 읽어봤다. '저 오늘 반지

껴봤어요. 너무 예뻐요.' 몇 번이고 다시 읽어 그 말에 담긴 뜻을 되새겨본다. 얼른 회신 보낼 궁리로 마음도 다급하다. 문자를 보낼까 전화를 걸까. 아니면 지금이라도 깜짝 이벤트를 준비할까. 우재는 반쯤 녹아내린 얼굴로 사무실을 둘러봤다. 얼기설기 구획된 하늘색 칸막이, 살랑거리는 공기청정기의 바람, 소형 커피 머신, 우윳빛 키폰까지, 눈앞의 모든 것이 자신만을 위한 것으로 보인다. 우재는 아무도 모르게 미소를 지었다.

유리문이 열리고 캐주얼한 옷차림에 골프 모자를 눌러 쓴 채신이 창희를 앞세우고 들어온다. 민머리에 정장 재킷을 걸친 창희는 식당에 들어와서도 떨떠름한 표정이다. 우재는 과장되게 웃어 보이며 창희를 맞이했다. 오랜만에 함께하는 외식이었다.

이 한식집의 된장찌개를 좋아한다는 창희를 생각해 우재가 예약했었다. 예상대로 창희는 음식이 나오자 의자를 당겨 앉으며 코를 벌름거린다. 표고버섯과 바지락을 가득 넣은 된장찌개가 그리웠다며 덮치듯 숟가락을 담근다.

우재도 슬며시 숟가락을 들었다. 마치 면접관 앞에서 식사하는 사람처럼 뻣뻣하다. 숟가락을 손 안쪽으로 쥐고 연거푸 떠먹는 오빠를 곁눈질하던 채신이 가슴을 크게 부풀렸다. 다시 힐끗 우재를 쳐다본 채신이 선언하듯 말했다.

"오빠. 나 결혼할 거야."

"뭐 할 거라고?"

"결혼할 거라고. 우재 오빠랑."

입안의 음식을 꿀꺽 삼킨 창희가 숟가락을 놓았다. 테이블에 부딪힌 숟가락 소리가 유난스럽다. 찌개를 떠먹던 우재가 고개 들어 창희를 향해 뻘쭘 웃어 보였다. 의외의 반응이라 우재도 당황스럽다.

창희는 삐뚤게 놓인 식탁 위 젓가락을 뚫어지게 쳐다보기만 한다. 그런 창희의 얼굴은 기이하게 무표정했다. 한동안 말이 없자 우재가 입안의 밥알을 한쪽으로 밀어놓고 먼저 입을 열었다.

"나도 이제 복직됐고, 걱정 안 해도 될 거야."

"그게 문제가 아니지."

창희는 굳은 표정으로 고개를 가로젓는다. 이번엔 채신이 나선다. 이미 마음 상해버린 목소리였다.

"오빠가 반대해도 상관없어."

"축복받는 결혼을 해야지."

"무슨 말을 그렇게 해? 나랑 우재 오빠가 축복받지 못할 사이야?"

채신이 발끈하여 되묻는다. 우재도 따지고 싶은 말이었다.

"시대가 바뀌었잖아."

"무슨 시대?"

"순수 인간의 시대."

"뭐?"

"위버멘쉬의 시대."

채신과 우재가 똑같은 표정으로 서로 마주 본다. 무슨 의미인지 서로 묻는 얼굴이다. 창희는 마치 심판자가 된 듯 근엄한 눈으로 우재를 내려 봤다.

"내 동생은 자신을 극복한 위버멘쉬야. 근데, 넌 아니잖아?"

"야! 이창희! 그게 말이 되는 소리야?"

"말이 되고 안 되고는…… 니가 정하는 게 아니지."

우재도 숟가락을 소리 나게 내렸다. 그러나 막상 입은 열리지 않는다. 머릿속에 꽂히는 수천 개의 바늘이 되던져 줄 말을 압정처럼 붙여 버렸기 때문이다. 창희는 선고를 끝낸 판사의 우아한 동작으로 된장찌개를 다시 떠먹기 시작한다. 얼굴을 잔뜩 우그러뜨려 노려보는 우재를 쳐다보지도 않았다.

그날 저녁을 어떻게 보냈는지 우재는 기억나지 않았다. 생각지도 못한 모래바람이 머릿속을 엉망으로 날려버린 저녁이었다. 친구가 결혼을 반대한다는 사실보다도, 반대하는 이유가 너무 어이없고, 당당하게 이유를 대는 친구 표정이 너무나 진지해서 충격이었다.

신경 쓰지 말라며 채신은 애써 밝은 얼굴로 위로해줬다. 맞는 말이다. 황당한 트집일 뿐이다. 하지만, 이상하게 비참했다. 말도 안 되는 억지라 생각해도, 도대체 순수 인간이 무엇인지, 위버멘쉬가 뭔지 자꾸 떠올리게 했다.

이튿날 퇴근 무렵, 창희에게 전화를 걸었다. 직접 만나서 이야기 좀 하자고 했는데, 창희는 따로 만날 이유가 없다고 했다. 창희가 밀어낼수록 우재는 애가 탔다. 도대체 위버멘쉬가 뭐기에 사람이 이렇게 변할 수 있나. 우재는 바쁘다며 끊으려는 창희 말꼬리를 다급하게 붙잡았다.

"야! 이창희! 그래, 니가 진화했다고 치자. 근데, 소위, 위버멘쉬라면 좀 더 인간적으로 달라져야 하는 거 아니냐?"

휴대폰 저편에서 피식 웃는 소리가 들렸다.

"인간적? 뭐가 인간적인데?"

되묻는 말에 말문이 턱 막힌다. 우재가 우물거리는 사이에 창희 목소리가 흘러나온다. 설교하듯 엄숙해진 목소리는 마치 미리 준비했던 것처럼 막힘이 없다.

"우린 이미 순수한 인간이야. 인간적이니 뭐니 따질 것 없이, 우리 생각이 곧 인간적이라는 말이지. 우리끼리는 서로 소통하고 공감할 수 있어. 개인이지만 하나의 개체를 넘어선다는 의미야. 의견 하나만 달라도 별별 토를 달고 시비를 거는, 그게 개성이고 다양성이라고 침을 바르는 너희들과는 미래가 다를 수밖에 없어. 혹시, 차별받아서 억울하다고 생각해? 어쩔 수 없는 거야. 진화라는 것은 말이야. 평등이 아니라 차이 때문에 발생하거든. 깨 놓고 말해서 수만 년 인류 역사에서 사람끼리 평등한 적이 있었나?

그건 차별받는 인간의 희망일 뿐이지. 자유? 진화에 그런 건 없어. 양쪽이 명백한 차이를 가졌는데, 똑같이 취급되기 바라는 심보가 더 나쁜 거 아냐? 응?"

우재는 입술을 깨물었다. 친구의 말마디가 이렇게 무섭기는 처음이었다. 이건 논쟁이나 말다툼 따위가 아니었다. 그냥, 서슬 퍼런 칼날이다. 도대체 어디서부터 잘못된 건지 가늠할 수가 없었다.

번화가를 거닐었다. 사람들과 얽히고 섞여들고 싶었다. 여자들이 오가는 백화점 앞을 지나, 휴대전화에 얼굴을 파묻은 학생, 두리번거리며 일행을 찾는 행인 사이로 파고들었다. 하루 노동을 끝내고 떠들썩하게 술집으로 향하는 남자들 뒷모습도 구경했다. 거리를 거닐수록 외롭고, 침이 바싹바싹 말랐다.

정말로, 세상이 달라졌을지 모른다는 생각이 든다. 그럴지 모른다는 눈으로 둘러보자 세상은 정말 달라져 있었다. 우재 팔뚝에 돋은 소름이 목덜미까지 훑어 오른다. 아무도 마스크를 쓰지 않았고, 아무도 민머리를 숨기지 않았다. 눈썹도 머리칼도 없는 사람들이 거리낌 없이 활보하고 있었다. 더 나은 세상을 만난 것처럼, 두 눈을 반짝이며, 가끔 마주치는 검은 머리 사람에게 동정의 눈길을 던지며, 위버멘쉬의 새로운 세상을 만끽하고 있었다.

언제부턴가 TV에 나오는 연예인도, 뉴스에 나오는 정치인들도 자신을 스스로 위버멘쉬라 불렀다. 실소를 머금으면서도, 어차피 인정해야 할 운명인 것처럼, 그들은 낯선 단어를 기꺼이 받아들였다.

버스 옆면의 광고판이 시야에 들어온다. 도서출판 오늘. 곽경식 교수의 『위버멘쉬 해설서』. 더 나은 인간을 원하는가? 그렇다면 당신도 진화할 수 있다. 인간을 극복할 마지막…… 버스는 마지막이라는 글자를 소실시키며 멀리 달아난다. 우재도 균형을 잃고 휘우뚱 기울어졌다.

발걸음이 빨라진다. 사거리 지하도를 건너, 서점으로 들어갔다. 두리번거릴 필요도 없었다. 1층 인기도서 코너 옆에는 막 끄집어낸 책이 허리 높이로 쌓여 있다. 우재는 그중에 한 권을 집어들고 계산대 앞에 줄을 섰다. 계산원 손놀림은 빠르고 정확했다. 손님이 내민 책 뒷면 바코드를 스캔하고, 날짜 도장을 모서리에 찍는다. 똑같은 가격, 똑같은 제목의 책, 위버멘쉬 해설서가 쉼없이 팔려나가고 있었다.

첫 장은 우주 빅뱅이론에 대한 해설이었다. 그다음엔 현대물리학과 양자역학, 그리고 기생충과 세균이 인간 진화에 미친 영향에 대한 설명이 이어졌다. 모든 해설에는 니체의 문구가 인용되어 있었다. 우재는 다 식은 커피를 마지막까지 마셨다. 책 분량의 삼분지 일을 읽었는데 머리는 더 복잡해졌다.

지금도 인간은 진화하고 있다는 내용은 그럴만하다 생각했다.

인간이 유인원에서 호모사피엔스로 진화했다면, 현재 모습이 끝은 아닐 것이다. 무기물에서 생명체가 생겨난 것도 우연이 아닌 듯하다. 정말로, 생명체가 어떤 목적을 향해 달려가고 있을지도 모르겠다.

해설서대로라면 진화에서 탈락한 인간이 바로 자신이었다. 지금 어떤 부류는 네안데르탈인과 똑같은 운명에 처했다는 내용이 특히 눈에 걸린다. '도태'라는 단어가 떠오른다. 우재는 따가운 눈을 비비며 한숨을 내쉬었다. 자랑스럽게 민머리를 드러낸 사람, 광기 어린 창희의 목소리가 생각난다. 이 책은 그들에게 복음이나 다름없었다.

읽을수록 기분이 우울해진다. 그래도, 계속 읽었다. 부인한다고 현실을 벗어날 수 없다는 생각에 억지로 읽어 내렸다. 하지만, 불안 속에 조바심까지 더해지자 문장 속 단어가 외계어처럼 앞뒤 없이 뒤집힌다.

벨 소리에 놀란 우재 어깨가 움찔 튀어 오른다. 채신의 전화였다.

"얼른 뉴스 켜 봐요."

목소리가 다급하다. 우재는 무슨 일이냐고 반문하면서 TV 채널을 돌렸다. 높다란 빌딩이 시커먼 연기에 휩싸여 장작처럼 타고 있었다. 화면은 소방차에서 쏘아대는 물줄기를 비추고 이어 현장 리포터가 얼굴을 내밀었다.

'아, 안타깝습니다. 지금 6층까지 불길이 번졌는데요, 소방관들이 동서분주하고 있지만, 진압이 여의찮은 상황입니다. 소방차가 진입할 도로가 막혀 골든타임을 놓쳐버린 것도 큰 이유가 되겠습니다.

다시 한번 말씀드리자면, 방화로 추정되는 화재가 서울 서초구 뮤온오피스 빌딩에서 발생하였습니다. 화재는 2층 창조연합 본부로부터 시작되었고, 목격자에 의하면 누군가가 화염병을 투척했다고 합니다. 현재까지 후송된 사람은 16명. 아…… 그중에서 여섯 명은 상당히 중태라고 합니다. 2층에서 발화되었지만, 불길이 외벽 마감재를 타고 순식간에 번졌습니다. 아직 피하지 못한 사람이 많고 사상자도 더 많이 발생할 것으로 추정됩니다.'

곧이어 코와 귀 옆에 검댕을 잔뜩 묻힌 남자가 나타났다. 아마도 창조연합 소속 사람인 것 같았다. 그가 리포터가 내민 마이크에 대고 소리쳤다. 내가 봤어요. 화염병 던진 그놈을…… 그는 금방이라도 찾아내겠다는 듯이 핏발 선 눈으로 주위를 두리번거렸다.

리포터는 덧붙였다. 어제 아침 창조연합 대구지부에서도 화염병 테러가 있었습니다. 최근 창조연합은 종교계와 대립각을 세우고 있는데, 경찰은 몇몇 과격한 종교단체에 가능성을 두고 조사를 진행하고 있다고 합니다.

우재는 휴대전화를 열어 창희에게 전화를 걸었다. 그러나 받지 않았다. 몇 번을 더 시도하다가 포기하고 채신에게 전화를 걸었다. 채신 역시 통화 중이다. 마음만 다급해져 다른 채널을 찾아 돌리고 있는데, 채신에게서 전화가 왔다.

"오빠는 무사한데요. 지금 화재현장 수습하느라 정신이 없어요."

한결 진정된 목소리였다.

"그래, 그나마 다행이다."

채신은 여전히 걱정이 많았다. 다친 사람이 얼마나 더 나올지, 누가 불을 냈는지, 한참을 더 떠들어댔다. 전화를 귀에 댄 우재가 슬며시 입가를 늘였다. 자신을 먼저 떠올리고 전화해준 채신이 고마워서였다. 사뭇 어수선한 대화를 이어가던 채신이 문득 생각난 듯이 목소리를 낮췄다.

"아참. 근데, 혹시 신태형 씨라고 알아요? 예전에 모스 연구실에 근무하다가 퇴사한 사람이라는데……."

"신태형?"

모스 연구실과 배양팀이 가끔 교류하긴 하지만, 이름까지 기억하는 연구원은 몇 되지 않았다.

"글쎄, 직접 보면 알 수 있으려나? 근데, 왜?"

채신은 조금 난감할 때의 버릇대로, 있잖아요? 하고 말을 꺼냈다.

"어저께 전화가 왔어요. 만나고 싶다고…… 자기가 현지 언니와 결혼할 사이인데 뭘 좀 물어볼 게 있는데요."

현지 언니라 하면, 에덴스피어에 같이 참여했던 고현지 대원을 말할 것이다. 실컷 고생하고는 실험종료 두 달을 앞두고 자진 퇴소했던 대원을 우재도 기억했다.

"설마? 결혼할 여자 과거 캐려는 건가?"

"아뇨. 그런 건 아닐 테고요."

어이없다는 웃음이 들리자 우재는 귀엽게 흘겨보는 채신이 그려진다. 채신은 오히려 현지 언니의 건강상태가 좋지 않아서 그런 것 같다고 말했다.

"그래서 나보고 같이 가자고?"

전화에서 혀를 날름 내밀며 웃는 듯한 소리가 들린다. 남의 애정사에 공연히 끼어들지 않았으면 싶었지만, 우재는 그냥 알겠다고 대답했다.

창희는 며칠이 지나서야 만날 수 있었다. 화재사고 때문인지 한층 더 후줄근해진 행색이었다. 하지만, 눈빛엔 날이 서 있었다. 창희는 집안으로 들어서는 우재를 향해 대뜸 쏘아붙였다.

"널 우리 집에서 봐야 하는 이유를 모르겠다."

"그러잖아도 이틀 후에 이사 간다. 아, 진짜. 남도 아닌데, 무슨 말을 그렇게 해?"

"허어? 꿈 깨라. 제발."

창희는 두 번 말하기 귀찮다는 표정으로 혀를 차더니 채신에게 하던 말을 계속했다.

"그러니까 오빠 도와줄 거야 말 거야?"

"아이참. 얼마 전에 다시 들어갔는데 어떻게 그만둬요?"

"넌 최초의 위버멘쉬로서 대체불가야. 홍보 효과가 엄청날걸?"

무르춤하게 서 있던 우재가 가로막고 묻는다.

"아니? 채신을 또 어떻게 하려고?"

창희가 올곧잖은 눈으로 우재를 쩨려본다. 공연히 풀이 죽어 두 사람 표정을 살피던 채신이 얼른 대답했다.

"오빠가, 이번 보궐선거에 출마한대요. 그래서 저보고 도와달 라고…….."

"뭐? 창희가?"

왜? 놀랐냐? 하는 표정으로 턱을 치켜든 창희가 목청을 가다 듬었다.

"다시 한번 강조하는데 말이야. 넌, 너랑 어울리는 여자를 찾 아. 뭐, 안 될 이유는 많지만, 입장 바꿔 생각을 해봐라. 채신이 는 말이야…… 그렇게 고통스러운 과정을 견뎌내서, 응? 인간이 아닌 것과 싸움에 승리했어. 이제 순수한 인간이 됐다고. 그것도 최초로 말이야. 근데, 응? 순수 인간 그 자체인 내 동생과 결혼하 겠다고? 너도 양심이 있어야지. 게다가 내가 지금 어떤 위치냐? 위버멘쉬 대표 아니냐? 그런 내가 동생 관리도 제대로 못 하고 무슨 큰일을 도모하겠어?"

하나같이 머리털 곤두서는 말들이다. 우재도 덩달아 목소리를 높였다.

"국회의원? 그래 아주 훌륭해. 순수 인간이 어떻고, 창조가 어떻고, 고상하게 떠들더니, 결국 높은 자리였어."

"돼지 눈엔 고급 음식도 돼지죽으로 보이는 법이지."

"내 눈에는 어디 한자리 차지하려는 말장난으로 보인다."

창희는 웃음인지, 경멸인지 모를 소리를 훅 뱉더니, 제 손바닥을 주먹으로 쳤다.

"누가 껍데기를 깰까? 인류를 진화시킨 진짜 주인공이 누구인지 알아? 권력자는 탁월함과 적극성을 동시에 가진 자를 의미하지. 창조라는 것은 말이야. 현실의 생활고에서 벗어난 권력자들이 해냈다는 걸 알아야 해. 아마존 밀림에 고립된 부족들을 봐라. 수천 년 전 생활방식을 유지하고 있을 뿐이지. 벌거벗고 수렵해서 하루 양식을 얻고, 적당히 평화롭고, 그래서 행복하다. 그게 전부야. 바로 니가 원하는 삶이지? 그저 행복하기만 하면 되지? 그래서 넌 마지막 인간이 될 수밖에 없는 거야. 하긴…… 지금 넌 내 말을 이해하지도 못할 거다."

창희는 어금니에 힘을 주며 또박또박 말했다. 간혹, 눈을 치켜뜰 때의 번득임은 날카로운 얼음이 얼굴을 베고 지나가는 것처럼 섬뜩했다. 우재는 변해버린 창희를 되돌릴 수 없다는 것을 실감했다.

"뭐. 국회의원을 하든지 대통령을 하든지 네 맘대로 해. 난 채신이만 지킬 거니까."

"동생 건드리지 마! 친구로서 마지막 경고다."

"흥. 친구라고 생각하긴 하는 거야?"

"그럼. 병아리하고도 친구 먹는데, 왜 친구가 될 수 없겠어?"

"언제든 잡아먹을 친구겠네."

"상황에 따라⋯⋯."

우재는 창희의 마지막 말을 되새기며 집을 나섰다. 도대체, 왜 저렇게 변했을까 생각하면 할수록 심장이 오그라든다.

신태형과 만나기로 한 장소는 백양산 등산로 초입에 자리 잡은 베이커리 전문점이다. 천장에 부착된 장식 팬이 천천히 돌아가는 다소 고풍스러운 카페였다. 늦은 시간이라 그런지 2층은 한적했다.

창가 끝쪽 테이블에 회색 면티에 회색 모자를 눌러 쓴 남자가 눈에 띈다. 남자는 처음부터 계단 입구 쪽을 쳐다보고 있던 모양이다. 머리칼이 온전한 우재가 자신을 향해 걸어오자 대뜸 경계하는 기색으로 변했다.

"제 남자 친구예요."

스스럼없이 소개해주는 채신의 태도에 우재 얼굴이 슬쩍 풀어졌다. 호탕하게 손을 내밀어 악수하고는 실없이 웃었다. 신태형도 어색하게 미소 짓는다. 어쩔 수 없다는 표정이었다.

"현지 언니는 잘 있어요?

의례적인 인사말이었는데, 태형 얼굴이 굳어졌다. 눈주름을 세우며 고개를 가로젓더니 회색 모자를 벗어 테이블에 올렸다. 말갛게 벗겨진 정수리에 땀방울이 맺혀있다.

"좀 예민한 이야기가 될 수도 있는데, 그냥 말하겠습니다. 제가 지금 이것저것 따질 형편이 아니어서요."

태형의 이야기는 고현지가 에덴스피어 실험을 중도 포기하고 돌아왔을 때부터 시작되었다.

"처음엔 너무 힘들어서 그런 줄만 알았어요. 그런데 시간이 지나도 예전 모습으로 돌아오지 않았어요. 아시잖아요, 현지가 얼마나 밝은 성격인지. 에덴스피어 이야기는 아예 꺼내지도 못하게 했어요. 그런데도 가끔, 채신 씨 이야기를 하기는 했어요. 걱정된다고요."

태형의 말에 우재는 눈썹을 치켜들었다. 엄습하는 불안에 약간 비린 맛이 나는 물을 한 모금 더 마셨다.

"뒤늦게 알았어요. 현지가 아주 특별한 모스에 감염됐다는 걸요. 사큘리볼모나스……. 석 달 동안 후각이 예민해지고, 알 수 없는 냄새를 찾아 헤매게 만드는 증상."

태형이 잠시 말을 멈추고 채신을 의미심장하게 쳐다본다. 언제부턴가 채신은 고개를 숙이고 있었다. 물방울 맺힌 컵을 쥐고 있는 손끝에 힘이 들어가 위태롭게 하얗다. 우재의 시선을 느꼈는지, 채신은 컵에서 손을 떼고 두 손을 아래로 내렸다.

"양승호 소장만 아는 모스죠. 직접 합성했거든요. 그 모스가 숙주를 장악해서 조종하는 증상을 우린 영원히 모를 뻔했죠. 제가 양 소장 수첩을 몰래 펼쳐보지 않았다면 말이죠. 양 소장은 지금도 자기 혼자만 아는 비밀이라고 믿고 있을 겁니다. 자기가 세상에서 가장 똑똑하다고 믿는 사람이니까요. 그러니까 나에게 암컷 모스 합성작업을 시키지 않았겠어요? 나 같은 놈은 백날 봐도 모를 거라고 말이죠."

비워진 물 잔을 소리 나게 내려놓으며 우재가 물었다.

"그러니까. 대체, 하시고 싶은 이야기가 뭐죠?

태형이 입술을 깨물더니 우재와 시선을 맞췄다.

"현지가 또 감염되었어요. 지금, 밤낮으로 코를 쿵쿵대면서 냄새를 찾아야 한다고 헛소리를 하고 있죠. 어떻게 감염됐는지 모르겠지만, 양 소장 그놈이 또 현지에게 장난을 치고 있다고요. 그 죽일 놈이……."

테이블을 내려칠 듯이 힘을 줬던 신태형의 손이 슬며시 내려와 자신의 가방 속을 뒤적인다. 담배를 찾는 듯 포켓에 넣은 손이 초조하게 움직였지만, 담배를 꺼내지는 않았다.

우재는 오른손 중지로 관자놀이를 꾹꾹 누르며 생각지도 못한 상황을 정리했다. 그러니까, 고현지가 에덴스피어에서 중도 포기

한 이유가 그 사큘리…… 뭐라는 모스에게 감염되어서이다. 그 모스는 숙주의 후각을 극도로 활성화해 암컷을 찾게 만든다. 그 증상은 인체 내 생존 기간인 석 달이 지나면 정상으로 돌아온다. 이제 겨우 안정을 찾아 결혼을 준비하려는데, 악랄한 양 소장이 고현지를 또 감염시켰다.

저런, 정말 안타까운 일을 당했네요. 우재는 이렇게 말해주고 자리에서 일어나고 싶었다. 남 일이 될 수 있다면 신태형보다 더 슬픈 얼굴로 위로해 줄 수 있다. 감당하기 힘든 아픔과 분노는 타인의 것이 되어야 했다. 하지만 태형은 자신의 분노를 여기까지 옮기려 애를 쓴다.

"증언해 줄 분을 찾고 있습니다. 같은 피해자로서 말입니다. 저 혼자로는 경찰이든 언론이든 다른 기관들을 움직일 수 없어요. 상대는 바이에덴사의 모스 연구소장입니다."

태형의 시선은 고개 숙인 채신의 정수리에 꽂혀 있고, 우재는 그 시선을 가로막으려 목소리를 높였다.

"아니, 누가 같은 피해자란 말입니까? 우리랑 무슨 상관있다고요?"

갑작스레 높아진 목소리에도 불구하고 태형은 대꾸가 없다. 그냥 고개 숙인 채신을 재촉하듯 내려 볼 뿐이다. 우재는 채신의 팔을 잡고 손에 힘을 줬다. 그냥 일어나자는 신호였다.

"잠깐만요."

채신이 오히려 우재의 손을 놓고 일어섰다. 화장실에 다녀오겠다는 말에 우재는 엉거주춤 일어섰다가 다시 앉았다. 태형은 채신의 뒷모습을 보며, 의자 등받이에 몸을 기댄다. 뭔가를 기대하는 눈빛이다. 우재는 태형이 몹시 마음에 들지 않는다. 이리저리 채신을 흔들어, 그 틈을 최대한 벌려놓겠다는 속셈이 뻔히 보였다.

채신은 차가운 물기를 손에 묻힌 채 돌아왔다. 얼굴마저 서늘해져 있었다. 이번에는 고개를 숙이지 않았다. 턱을 아래로 당기고 태형을 응시했다.

"그래요. 저도 그런 적이 있어요."

피가 통하지 않을 정도로 양손을 맞잡은 채신의 목소리가 살짝 갈라졌다.

"경험하고 싶지 않은 경험이었어요. 냄새를 찾는 내가…… 내가 아니었으니까요. 그런 내가 정말 수치스러웠어요. 기억하고 싶지도 않을 만큼…… 더 무서운 건, 제가 한 행동과 느낌을 다 기억한다는 겁니다. 그래서 도망만 다녔죠."

우재는 얼굴을 찌푸리며 고개를 저었고, 채신은 앞에 앉은 태형을 똑바로 응시하며 말했다.

"그래요. 저는 도와드릴 수 있어요."

우재가 버럭 소리쳤다.

"무슨 소리야? 네가 어떻게 도와준다고?"

우재는 태형과 채신을 번갈아 보며 말을 버벅댔다.

"아니, 이…… 이게, 한 번 밝힌다고 해결될 일 같아요? 얼마나 벗겨지고 난도질당할지 생각해봤어요? 곧 결혼할 우리한테 모든 걸 다 포기하고 피 흘리며 싸우는 투사가 되란 말입니까? 채신아. 이건 정말 아니다. 일어나자."

우재가 채신의 손을 잡고 엉덩이를 들썩이자 태형은 굳은 얼굴로 고개 끄덕였다.

"그렇군요. 곧 결혼할 계획이었네요. 한데, 현지같은 피해자가 자꾸 생길 겁니다. 하긴, 채신 씨는 운이 좋았죠. 양 소장 눈에서 벗어났으니 말입니다. 뭐, 각오했던 반응이긴 합니다. 그깟 일. 똥 밟은 셈 치고 잊어버리자. 난 괜찮으니까…… 뭐, 그런 반응 말이죠. 근데, 참…… 마음이 아프네요. 양 소장은 한번 시도했던 일을 포기하지 않는 놈이란 말이죠."

태형은 혀끝으로 신경 다발을 툭툭 건드리고 그에 맞춰 채신의 어깨도 움찔거린다. 우재는 아예 눈을 부라리며 태형 멱살이라도 잡을 기세다. 무슨 말을 꺼내려던 채신 얼굴에 당황하는 기색이 어리다가 스러진다. 우재가 이렇게 화를 내는 모습은 처음 봤다.

창밖 도로에서 컨테이너 트럭 지나가는 육중한 진동이 실내를 흔든다. 채신의 대답을 기다리며 잠시 침묵에 빠져있던 태형이 피식 웃었다. 마른 먼지가 풀썩 일어나는 웃음이다.

"이제, 제가 선택할 수 있는 건 딱 하나밖에 없어요."

듣고 생각할수록 미안함을, 막중한 책임감을 느끼게 되고, 그럴수록 우재는 화가 치밀었다. 에덴스피어 실험에서 막 나왔을 때 행동이나 채신의 방에서 봤던 수첩 내용이 이제 모두 이해가 된다. 무슨 일이 있었다는 걸 눈치챘으면서 모른척했던 자신에게 먼저 화가 났다. 다른 사람도 아닌 양승호 소장 짓이라는 사실에 화가 났고, 혼자서 꾸역꾸역 감당해낸 채신에게 바늘로 들쑤시는 태형에게도 분노가 치밀었다. 그렇다고 태형에게 전부 퍼부을 수는 없는 노릇이다.

"계산은 저희가 할게요."

우재는 채신에게 일어나자는 눈짓을 하며 자리에서 일어났다. 힘겹게 일어서는 채신은 뭔가 할 말이 있는 기색이다.

"놈을 죽일 겁니다."

무슨 말인가 싶어 돌아보니 두 사람을 노려보고 있는 태형의 눈과 마주쳤다. 그 눈이 무서워 우재는 주위를 둘러봤다. 커다란 우윳빛 팬은 소리 없이 돌아가고, 두 칸 건너 테이블의 손님은 새처럼 지저귀고 있다. 태형은 한마디를 덧붙였다. 한층 더 결연해진 얼굴이다.

"맞아요. 생각해보니 당신 말이 맞는 것 같아요. 여기저기 떠벌여봐야 역효과만 생길 테죠. 순진하기 짝이 없는 계획이었어요. 강우재 씨라고 그랬죠? 혹시, 제가 개인적으로 연락드려도 될까요?"

진화된 인간들

<web발신>

우주를 창조할 힘을 가진 어떤 존재를 신이라고 한다면, 인간은 그 힘의 또 다른 형태라 할 수 있다. 인간은 삶과 죽음, 의식과 무의식을 동시에 가진, 그 모든 것을 내포한 존재이기 때문이다. 인간이 위버멘쉬가 된다는 것은 곧 모든 것을 창조할 수 있다는 것을 의미한다.

일찍이, 예언가 니체는 말했다.

"너희는 신을 창조할 수 있는가? 그러나 위버멘쉬는 창조해낼 수 있을 것이다."

－『위버멘쉬 해설서』발췌. 곽경식 교수

조범락은 앞차에 바싹 붙여 신경질적으로 상향등을 번쩍였다. 웬만하면 옆 차선으로 비킬만한데 전방의 은회색 승용차는 모른

척 제 속도를 유지하고 있다. 결국, 브레이크를 밟아 속력을 줄여야 했다. 조범락은 욕설을 퍼부었다. 동대구 IC를 5km 남짓 남겨두고 맞닥뜨린 짜증 나는 장애물이다.

새 생명교회라는 스티커가 붙은 봉고차가 왼쪽으로 차선변경하며 속력을 높인다. 봉고차는 은회색 승용차를 추월하며 조수석 창문을 내렸다. 어떻게 생긴 놈인지 확인하고 쌍욕을 퍼부어주려는 심산이다.

왜소한 체격에 두꺼운 안경을 쓴 운전자가 보인다. 아니꼬울 만큼 말그레한 얼굴에 적의를 퍼붓기 알맞게 무던한 행색이다. 곱상한 늙은이는 자신 때문에 뒤차가 브레이크 밟고, 차선변경하고, 다시 가속페달 밟아야 했다는 것도 모르는 눈치다. 아무것도 모르고 멀끔한 얼굴로 운전하는 모습을 보니 더 얄밉다.

조범락은 오른쪽으로 핸들을 갑자기 꺾어 승용차 앞으로 끼어들었다. 깜짝 놀라 휘청거리는 은색 차체가 백미러를 통해 보인다. 꽤 놀랐는지 빠앙, 하는 경적도 울린다.

"저 새끼가 어디서 빵빵거려?"

경적은 자신의 면전에 뱉은 욕설이며 주먹질이나 다름없다. 조범락은 동대구 IC를 몇십 미터 남겨두고 급브레이크를 밟았다. 와락 다가오는 뒤쪽의 승용차를 확인하고 재빨리 동대구 IC로 핸들을 돌렸다. 바닥과 마찰하는 타이어의 찢어지는 소리, 그리고 뭔가에 부딪히는 굉음이 연이어 들린다.

조범락은 동대구 IC의 곡선도로를 빠져나오며 고속도로 쪽을 넘겨봤다. 화물트럭이 비스듬히 꺾인 자세로 멈춰있고, 또 다른 차량도 속도를 줄이고 있다. 중앙분리대 쪽에는 형체를 알아보기 힘든 은회색 승용차가 처박혀있다.

씨발, 그렇게 운전 똑바로 하지. 저런 새끼는 교육을 확실히 해놔야 해. 조범락은 그렇게 중얼거렸다. 늙은이가 크게 다쳤을지 모른다는 생각이 떠올랐지만, 이내 떨쳐버렸다. 죽든지 말든지 자신과 상관없는 일이다. 그 작자에겐 손가락 하나 건드리지 않았다. 순전히 상대의 운전미숙이다. 운전미숙으로 죽은 사람이 어디 한 둘인가. 조범락은 뭔가 통쾌한 일을 마무리한 기분으로 콧노래를 흥흥 부르고 볼륨을 높였다.

배양육은 붉디붉었다. 군더더기로 붙은 비계도 없고, 질펀하게 배어난 핏물도 없다. 우재는 접시 옆에 소금을 조금 덜어놓고 뭔가를 떠올린 듯 냉장고 문을 열었다. 김치 담긴 포장지를 열어 냄새를 킁킁 맡아본다. 마트에서 산 지 며칠 되지 않았는데 제법 신김치 냄새가 난다. 생고기와 궁합이 맞을 것 같기도 하다.

양반다리로 앉은 우재는 접시에 담긴 배양육을 물끄러미 쳐다봤다. 두려움과 호기심이 반반씩 섞인 시선이다. 젓가락으로 배양육 한 점을 집어 들었다. 문득, 이 붉은 살점 속에 몇 마리의 모스가 파묻혀 있을까 궁금하다.

배양 8팀원들에게 루푸스 증상이 생긴 이유는, 리슈볼바키아의 체내 생존 기간이 끝났기 때문이라고 했다. 한마디로, 리슈볼바키아가 루푸스에 대한 면역력을 영구적으로 줄 수 없다는 의미다. 모스 연구소 박준오 실장은 그렇게 심드렁하게 설명하고 팀원들에게 포타민을 한 아름씩 안겨줬다.

우재는 회사에서 제공한 포타민을 먹지 않았다. 이제라도 루푸스에 걸릴 수 있다는 사실이 은근히 반갑다. 곽경식 교수의 말대로라면 감염은 또 하나의 가능성이다. 어떤 모습의 인간이든지 스스로 선택할 기회라도 얻고 싶었다. 우재는 눈을 질근 감고 생고기 한 점을 입에 넣었다.

휴대전화 벨이 울린다. 우물거리던 생고기를 입안 한쪽에 밀어 넣고 전화를 받았다. 돌연, 우재 눈빛이 깊어졌다. 오른손에 쥐었던 젓가락이 소리 없이 놓이고, 엄지와 중지가 양쪽 관자놀이를 집게 집듯이 집는다. 한참 귀를 기울이던 우재가 입안의 것을 꿀꺽 삼켰다.

"다른 변수가 없다면 그 정도는 내가 해결할 수 있어요."

수화기를 귀에 댄 눈동자가 우측에서 좌측으로 움직인다. 아무것도 쳐다보지 않는 시선인데, 팔등에는 소름이 돋아있다.

"당신이나 나나 그 정도 위험은 감수해야 하지 않겠어요? 변수가 생기면 다시 연락할게요."

전화를 끊은 우재가 휴대전화를 물끄러미 내려 본다. 이미 결심했던 것을 밝혔는데, 새삼 몸이 떨린다.

사흘 전에, 신태형을 만났었다. 채신에게는 말하지 않았다. 먼저 연락이 왔고, 우재는 딴사람처럼 태도를 바꿔 그를 만났다.

신태형도 처음과는 다른 이야기를 꺼냈다. 우재 씨 말이 맞아요. 우리 상대는 실험실에 처박힌, 흔해 빠진 연구원이 아니란 말이죠. 기사를 터뜨려봤자 이슈도 되지 못할 겁니다. 양 소장 그놈은 남들이 다 아는 기사를 조용히 묻어버릴 권력을 차고 넘치게 가진 놈이죠. 바이에덴사가 꿈쩍이나 하겠어요? 우리가 무슨 증거를 제시할 수 있을까요? 법대로 대응하면 백전백패입니다. 태형이 이렇게 말하며 우재를 빤히 쳐다봤다.

우재가 억누르고 있던 분노를 그도 알아챘다. 부름에 응하고, 제안을 말없이 듣고, 고개 끄덕이는 모습에 양 소장 죽일 마음을 새삼 다잡았는지도 모른다. 틀린 짐작은 아니었다. 정말로 양승호 소장을 죽이고 싶었다. 그놈이 채신을 훑어보며 흉계를 꾸미고, 그 흉계를 실행하는 광경을 떠올렸을 때 끓어 오른 살의는 자신도 깜짝 놀랄 정도였다.

태형이 내세운 계획은 그럴듯했다. 그런 무서운 계획을 세워본 적이 없기에 더 그럴듯해 보였다. 양 소장이 공개적으로 활동하는 장소에서 일을 벌이기엔 불가능에 가깝다. 거주하는 고급 아파트는 물론이며 이동하는 모든 곳에는 가족과 측근, 그리고 CCTV가 있다.

신태형이 제안한 장소는 개인 실험실이다. 목격자도 없고, CCTV도 없는 곳. 양승호 소장만 출입이 가능한 개인 실험실. 그가 비밀리에 사큘리볼모나스를 합성하고 음험한 계획을 세웠던 바로 그 실험실이 최적의 장소라고 말했다.

태형은 그곳을 생생하게 기억했다. 영문도 모르고 불려가 암컷 모스 합성에 열중했던 곳. 배양액을 정기적으로 교체하는 날도 알고 있다. 그날엔 늦은 시각까지 양 소장 혼자 남아 실험 장비를 점검했었다.

우재가 맡은 임무는 두 가지였다. 신태형이 CCTV를 피해 모스 배양동까지 잠입할 수 있는 경로를 알려주는 것. 그리고 지상 2층 모스 배양동에서 연구실 8층까지 접근할 수 있는 출입증을 만들어 주는 것. 화장실마다 천장엔 점검구와 환기 덕트가 있기 마련이다. 8층 화장실을 통해 천장으로 잠입하고, 개인 실험실에 딸린 화장실 점검구를 통해 내려온다. 실험실 화장실에서 기회를 노리다가 양 소장을 살해하고 다시 점검구를 통해 탈출한다. 이 것이 신태형이 내세운 계획이었다.

아마추어가 궁리해낸 계획으로선 최선이었다. 쉽지는 않겠지만 성공할 수 있을 것 같기도 했다. 외부 천장에서 실험실 화장실까지 이동 가능한지 확인만 된다면 말이다.

배양팀 직원은 방문 스케줄만 입력하면 모스 연구소 출입이 가능했고, 방진복과 마스크를 착용하면 CCTV의 안면인식 기능으로도 구분이 쉽지 않다. 우재는 설비팀에 근무하는 입사 동기를 통해 도면을 얻어냈다. 팬 모터로 가로막힌 환기 덕트를 이용하는 것보다는 설비 트레이 연결통로가 이동하기에 더 유리하다는 것도 알아냈다.

우재가 망설였던 것은 채신 때문이었다. 태형은 만약 일이 잘못되더라도 단독범행으로 진술할 것이라 했다. 공허한 장담이라는 걸 알고 있다. 두 사람 중 누가 체포되더라도 경찰은 금방 밝혀낼 것이다. 공범으로 잡히지 않더라도 사람을 살해하는 데 일조했다는 사실엔 변함이 없다.

지금껏, 살인자는 소설이나 드라마의 등장인물일 뿐이었다. 간혹 뉴스에 비친 범인은 마스크에 모자를 눌러써 얼굴조차 볼 수 없는 자였다. 우재는 그런 끔찍한 일을 도모하고 있다는 사실을 애써 회피했다. 대신에 전쟁을 떠올렸다. 상대를 죽이지 못하면 자신이 죽어야 하는 어쩔 수 없는 전쟁.

이 전쟁에서 도망친다면 채신은 양 소장의 의도에 따라 홀린 듯 헤맬 것이다. 그런 상황을 맞이한다는 것은 자신의 죽음이나 다름없다. 인체에 모스를 심을 방법은 수없이 많다. 어떤 방법으로 감염시킬지 모르기에 어떤 대책도 확신할 수 없다. 가장 완벽한 해결책은 양 소장을 없애버리는 것이다. 그게 이 전쟁에서 이기는 것이다.

채신을 위해 피를 흘려야 한다면, 총칼을 쥐어야 할 사람은 바로 자신이다. 우재는 더 깊이 생각하지 않았다. 전쟁에서 승리하여 가족 품으로 돌아오듯, 이 더러운 싸움을 얼른 끝내고 아무 일 없었다는 듯이 돌아와 채신을 포옹하고 싶었다.

신태형을 만난 이후로, 채신이 달라졌다는 것을 안다. 우재는 우리가 흔들릴 이유가 없다고 말해줬다. 채신은 고개를 끄덕였다. 흔들릴 것도 없다고 대답했다. 그 대답 끝에 상관없다, 괜찮다고 판정하는 자체가 상관있고, 괜찮지 않다는 말도 덧붙였다. 우재를 마주 보는 채신의 얼굴엔 알 수 없는 결의가 서려 있었다. 우재는 채신 역시 전쟁을 벌이는 중이라 생각했다.

자신의 영역에서 자신만의 싸움을 벌이는 중일 테고, 그래서 채신은 시간이 더 필요할 것이다. 언제나 그랬듯 채신은 돌아올 것이다. 금방 돌아올 채신을 위해 자신은 안주할 자리를 만들어 놓고 있어야 한다. 아니, 채신보다 더 빨리 전쟁을 끝내고 아무 일 없었다는 듯이 앉아있어야 한다.

채신에게 전화를 걸었다. 휴대전화를 오른뺨에 붙여놓고 한참을 기다렸다. 발신음이 울리는 동안 우재 손가락이 쉴 새 없이 바닥을 두드린다. 채신은 한참 만에 전화를 받았다.

"뭐해? 밥은 먹었어?"

그저 목소리가 듣고 싶어 걸었던 전화였다.

"아, 이것저것 정리 좀 하고 있었어요. 오빠는요?"

분주하게 움직였던지 채신의 숨소리가 가쁘다. 그래도 여전히 맑고 싱그러운 목소리다. 그것만으로 우재는 잠시 할 말을 잊었다.

"그냥……."

"뭐에요? 주말에 급한 일 있다더니 하나도 안 바쁜 목소리네."

"어. 나 지금 조금만 바빠."

우재는 접시 위의 배양육을 젓가락으로 뒤적이며 말했다. 고기에서 배어 나온 액체가 분홍색 도장처럼 접시에 찍힌다. 채신은 우재의 짧아진 말을 이해라도 하듯이 그 틈을 메워줬다.

"곽경식 교수 사망 사건 때문에 난리도 아녜요. 우리 오빠 지금 흥분해서 전쟁하겠다고…… 교회 봉고차가 일부러 사고를 유발하는 장면이 블랙박스에 찍혀있대요."

채신도 알 것이다. 매스컴에서 얼마나 떠들어댄 소식인지. 그녀도 뭔가 다른 화젯거리로 어색한 침묵을 지우고 싶었는지 모른다. 우재는 채신의 호들갑을 듣는 것만으로도 답답한 마음이 풀어지는 느낌이다.

채신이 전화 말미에 잠시 망설이는 기색이더니 고현지 언니를 도와줘야겠다는 말을 꺼낸다. 마치 비밀을 털어놓듯 조심스러운 말투다.

"상태가 많이 안 좋아?"

"조금…… 심각해요."

우재는 고현지의 근황보다 그녀가 채신에게 다른 영향을 줄까 싶어 더 걱정된다. 고현지의 혼란과 분노가 채신에게 옮겨질 것 같았다. 그건 채신을 믿고 안 믿고의 문제가 아니었다.

"그래서 이틀 정도 우재 오빠를 못 봐요. 언니랑 같이 해야 할 일이 있거든요."

"같이 여행가기로 했어?"

우재는 쥐고 있던 젓가락을 놓으며 되물었다.

"음…… 비슷해요. 언니를 위해서……."

뭔가 처연한 결심이 묻어 있는 어투다. 덩달아 알 수 없는 불안감이 어른거렸지만 그렇다고 채신을 다그칠 수는 없었다. 어쩌면, 위험한 계획을 앞둔 우재 자신의 불안인지도 모른다. 어디로 가기로 했는지 묻기도 전에 채신의 목소리가 이어졌다.

"아참, 저 오빠 선거운동도 돕기로 했어요."

뜻밖의 말에 우재 이맛살이 좁혀졌다. 그 일로 오빠와 다툰 일을 알 텐데, 끝내 오빠를 돕겠다고 한다. 채신은, 어쩔 수 없이 그렇게 되었다며 말끝을 흐린다.

어쩔 수 없다는 변명이 몹시도 섭섭했다. 채신마저 자신을 뒤처진 인간으로 보는 걸까 하는 억측도 생긴다. 그런 일은 없을 것이다. 없겠지만, 뭔가가 뒷덜미를 낚아채고, 결국은 혼자로 내동댕이쳐질지 모른다는 불안이 자꾸만 가슴을 후빈다. 한편으로, 그런 변명이라도 들어 다행이다 싶다. 평소 구구절절한 변명으로 말을 길게 하는 채신이 아니었다. 그만큼 미안하다는 의미겠지.

통화 끝에 던지는 채신의 인사에 조금의 울음기가 섞여 있다. 우재는 깜짝 놀라 무슨 일이 있냐고 물었다. 채신은 오히려 우재가 잘못 들었다며 웃음소리를 들려준다. 우재도 그냥 헐렁한 웃음을 터뜨려줬다.

우재는 꺼진 휴대전화를 멍하니 쳐다보다가 토막 낸 배양육을 입에 넣었다. 천천히 턱을 움직이며 TV 전원을 켰다. 리모컨으로 채널을 돌리며 또 한 점 살코기를 입안에 넣는다. 채널을 돌릴 때마다 가파른 음향이 잘려 나온다.

TV 어디를 돌려도 다급하고 살벌한 말뿐이다. 곽경식 교수를 살해한 교회를 규탄하는 위버멘쉬들, 확신에 찬 토론자들, 시뻘건 글자를 현수막에 새겨놓고 소리치는 시위자들이 TV 속에서 와글대고 있다.

순수한 인간으로 진화한 결과가 저런 것들인가. 저들이 말하는 순수한 인간은 도대체 뭐지? 진화는 갑자기 이루어진다는 저들 주장처럼 어느 날 갑자기 순수해진 것인가. 내가 저들과 같은 인간이라는 것을 무엇으로 증명해야 하나?

그런데, 그토록 위대하다는 위버멘쉬가 실망스럽기 짝이 없다. 놀랍지도 않고, 평화롭지도 않다. 대체 어떤 능력이 진화되었단 말인가. 이런 항변을 아무리 떠올려봐야 아무 소용없다. 저들은 이미 순수한 인간이고, 자신은 진화하지 못한 모스였다. 살인을 계획하고, 들킬까 싶어 가슴 졸이는 미개한 모스일 뿐이다.

우재는 입안 가득 채운 생고기를 꿀꺽 삼키며 TV 화면을 응시했다. 투명 아크릴처럼 뻣뻣한 얼굴이다.

청테이프가 벗겨지자 조범락은 숨부터 몰아쉬었다. 청테이프가 입을 막고 있는 동안 그는 거의 질식 직전까지 갔었다.

"제발 믿어 주세요. 어쩔 수 없는 사고였습니다. 전 그저 친구 차를 빌려 아는 형님 집에 갔을 뿐입니다."

발가벗겨진 조범락은 웅크린 자세로 꽁꽁 묶여 있다. 움직일 수 있는 건 입과 눈알뿐이었다. 두 팔로 무릎을 감싼 자세였고 언뜻 보면 청테이프로 포장된 큼직한 고깃덩어리처럼 보인다.

모자 달린 등산복 차림에 운동화를 신은 남자가 펄럭거리는 상의 지퍼를 잠그며 허리를 굽혔다. 조범락 사타구니를 유심히 살펴보더니 손가락질하며 웃는다.

"그럼 그렇지. 이 자식, 모스구만. 대가리만 면도기로 밀었어. 꼴에 위버멘쉬가 부러웠던 가봐."

조범락을 둘러싸고 있던 네댓의 남자들도 낄낄댄다. 언제부턴가 위버멘쉬들은 검은 머리 인간을 '모스'라고 불렀다. 온갖 미생물, 기생충들과 합쳐진 잡종 인간이란 의미다.

비닐하우스 문이 열리고 갈색 정장 슈트차림의 남자가 나타났다. 모델 촬영을 막 끝내고 온 듯한 옷차림은 살벌한 비닐하우스 안의 풍경과 묘하게 대비된다. 몰라보게 달라진 이창희였다.

"저놈이야?"

징검다리처럼 흙바닥 사이에 박아놓은 블록 벽돌에 올라선 창희가 구두 굽에 묻은 흙을 탁탁 털며 물었다. 등산복은 반쯤 올린 지퍼를 서둘러 목까지 끌어올린다. 덕분에 목까지 올라온 뱀 문신이 가려졌다.

"끝까지 잡아뗍니다. 어지간히 조져 놨는데 같은 대답입니다."

옆에 서 있던 체크무늬가 대신 대답한다. 창희는 등산복을 노려보며 다시 물었다.

"교회 놈 맞아?"

이번에는 등산복이 이창희 귀에 손을 모아 속삭였다.

"그냥 도박에 빠진 양아치입니다. 봉고차도 같이 숙식하는 친구한테서 빌린 겁니다."

"블랙박스를 보니 처음부터 죽일 작정으로 몰았던데?"

"쓰레기 같은 놈이긴 한데, 누구 사주를 받은 건 아닌 것 같습니다."

"무슨 근거로 아니라고 확신해?"

창희는 못마땅하다는 얼굴로 등산복을 노려봤다. 찔끔한 등산복이 다시 덧붙였다.

"조직 두어 개가 나오긴 했습니다만, 하나는 덕구 형님 라인이고, 또 하나는 부산에서 쳐주지도 않는 그냥 양아치들이라……암튼 다 확인해봤는데 이번 사건이랑 연관성이 그닥……."

"하아, 일 처리 진짜 맘에 안 드네."

창희는 혀를 쯧 차더니 핏덩이처럼 뭉쳐진 조범락을 노려본다. 길에서 주운 만 원짜리 지폐가 알고 보니 광고 찌라시였음을 확인한 듯한 눈빛이다. 그렇다고 살인자에 대한 분노까지 가라앉은 것은 아니다. 가까이에서 숨 쉬는 것조차 꺼려지는 놈이다.

창희는 침을 퉤, 뱉고 뒤따라온 사람에게 손짓했다. 두 남자가 비닐하우스 문을 열고 나가더니 잠시 후 수레를 하나씩 밀고 들어온다. 각자의 수레에 걸쭉하게 반죽 된 시멘트가 담겨 있다.

수레는 조범락 앞을 보란 듯이 지나쳐 뒤쪽에 파놓은 구덩이 앞에 멈췄다. 창희는 청테이프로 뭉친 살덩이를 구둣발로 툭 건드렸다.

"니가 얼마나 위대한 사람을 죽였는지 알아?"

"진짜, 몰랐습니다. 죄송합니다. 죄송합니다. 제발……."

창희의 물음에 조범락은 허겁지겁 고개를 조아린다. 그 와중에 조범락 눈알이 바쁘게 움직였다. 비닐하우스 한쪽에 파놓은 구덩이, 시멘트가 가득 담긴 수레, 그리고 상어 눈알처럼 새카만 창희의 눈동자를 엿본다.

"죄송하다고 끝날 일은 아니지."

"제발, 제발 용서를……."

"어, 그래. 용서 좋지……."

창희는 뭔가 고민하는 시늉을 하더니 고개를 끄덕였다. 조범락의 눈꺼풀도 그에 맞춰 깜박거린다.

"그러면 내가 하는 말 그대로 따라 해봐."

바지 호주머니에 손을 넣은 창희가 비닐하우스 천장을 올려
보더니 중얼거리듯 말했다.

"저는…….".

"예?"

"따라 하라고. 쯧!"

"아, 예. 저는…….".

"교회에서 지시한 대로…….".

뭔가 말이 이상한지 머뭇거리던 조범락은 창희가 노려보자 재
빨리 읊조린다.

"교회의 지시에 따라서…….".

"곽경식 교수를 살해했습니다."

"예? 아닌데요. 몇 번이나 말했지만, 대구의 덕구 형님한테 돈
받을 게 있어서…….".

창희가 버럭 짜증을 낸다.

"야. 너 교회 다녀?"

"안 다니는데요?"

"그러면, 대구 덕구 조직원이야?"

"아닌데요."

"근데, 뭘 믿고 이렇게 꾸무적거려? 이 새끼 진짜 더럽게 눈치

가 없네. 기회를 줘도 못 처먹어.”

화들짝 놀란 조범락이 황급히 대답했다.

“아. 예. 합니다. 합니다. 곽경식 교수를 살해…… 했습니다.”

“자, 그럼 이제 내가 질문하면 지금까지 가르쳐 준 거 다 붙여서 해봐.”

창희는 조범락 앞으로 한발 다가가 허리를 굽혔다. 그의 입에서 나온 말은 조금 전보다 훨씬 정중하고 조심스럽다.

“조범락씨. 요 며칠간 상당히 심적으로 괴로워했다고 했는데, 이번 사고는 어떻게 일어난 거죠?”

눈동자를 굴리던 조범락이 떠듬떠듬 대답했다.

“어…… 교회에서 지시한 대로…… 곽…… 곽경식 교수를 죽였습니다.”

“에이. 자연스럽지가 못하잖아. 다시.”

창희는 몇 번이나 다시 연습을 시키고, 또 중간에 뭔가 떠오르면 말을 덧붙여서 길어진 문장을 외우게 했다. 조범락과 한참 주거니 받거니 입씨름을 하던 창희가 드디어 만족했는지 허리를 폈다.

“녹음했어?”

뒤에 서 있던 체크무늬가 고개를 끄덕인다. 창희는 목덜미를 좌우로 돌리고 재킷 자락을 탁탁 털었다.

“아이고. 힘들다. 얼른 치워. 꼴도 보기 싫다.”

창희 말이 떨어지자마자 두 사내가 수레를 구덩이 쪽으로 기울인다. 구덩이에 쏟아지는 시멘트 소리가 조각난 살덩이 떨어지는 것처럼 둔탁하게 울린다.

그것만으로도 충분했다. 긴가민가하던 조범락의 생존본능에 적색등이 켜지고, 입에 붙어있던 애원이 비명으로 터진다.

"아우, 시끄러. 동네 소문 다 나겠네."

등산복이 얼른 나서 발작하는 조범락의 입을 테이프로 막아버린다. 블록 벽돌 두어 개를 타 넘고 나가던 창희가 깜박 잊었다는 얼굴로 다시 발걸음을 돌렸다. 테이프에 친친 감긴 살덩이 사이에 손을 넣어 옮기던 등산복이 엉거주춤 동작을 멈췄다. 조범락 앞에선 창희가 바닥의 흙을 살피며 조심스레 쪼그려 앉는다.

"마지막 인간의 전형적 표본이 바로 너 같은 모스지. 특별히 화석으로 만들어 줄 거야. 멸종된 모스의 화석. 천년. 아니, 오백년 후쯤? 그때쯤이면 꽤 소장할 가치가 있는 기념품이 될지도 모르지."

이창희는 조범락 어깨를 툭툭 두들기고 몸을 돌려세웠다. 비닐하우스를 나서는 이창희 뒤로 땅속으로 스며든 조범락의 비명이 새어 나온다. 이창희는 빈 수레를 끌고 와 다시 시멘트를 퍼담는 광경을 지켜보며 체크무늬에게 지시했다.

"언론사나 방송사 좀 알아봐. 교회 관계자가 곽경식 교수를 살해한 증거가 있다고 말이야. 저놈 실종되면 의심 1순위가 우리가 될 테니, 외국으로 도망간 흔적을 남겨. 녹음 파일은 신경 써서 손보고. 내 말 알아들었어?"

검은색 대형 SUV에 탑승한 이창희는 푹신한 가죽시트에 머리를 기대고 눈을 감았다. 피곤한 기색이 완연하다. 모든 정황이 자신을 도와주고 있다는 느낌이다. 하지만 그 행운이 온전히 받아들여지지는 않는다. 느른하게 감긴 눈꺼풀이 꿈질꿈질 돌아간다. 곽경식 교수와 벌인 마지막 언쟁이 자꾸 거슬리게 떠오른다.

수화기를 통한 곽 교수 음성은 몹시 격앙되어 있었다. 아마도 파국으로 치닫는 종교계와의 충돌 때문일 것이다. 곽 교수는 창희가 만든 조직을 해산시키라고 소리쳤다. 지금 서울로 올라가는 중이라는 말도 덧붙였다.

어림없는 요구였다. 창희가 단호하게 거부하자 곽경식 교수는 한탄하는 어조로 말했다. 자넨 지금 내 이름을 팔아 교주가 되려 하고 있어. 니체 여동생 엘리자베드가 무슨 일을 저질렀는지 알아?

그 말이 무슨 의미인지 창희는 지금도 알지 못했다. 알고 싶지도 않았다. 오히려 곽 교수가 모르는 게 있다.

자신은 이제 강연에 열광했던 단순한 추종자가 아니다. 벽을 깨부수는 혁명가이며 새로운 가치 기준을 만드는 창조자이다. 인간의 가치는 다시 평가될 것이다. 이 위대한 창조 과정에 마찰이 없을 수가 있을까. 그것은 필연적으로 겪어야 할 사소한 문제에 불과하다.

사람들에게 확신을 심어주는 작업은 그다지 어렵지 않았다. 그들의 규합이 너무 쉬워 오히려 어리둥절할 지경이었다. 확신하는 대중이 불어남에 따라 자신에게는 권력이 생겼다. 누군가에게 명령을 내릴 수 있다는 사실을 자각했을 때 온몸에 전율이 일었었다.

자신에게 생긴 힘이 처음에는 어색했었다. 그 어색함은 금방 사라졌다. 타인의 복종. 그 복종의 대상이 바로 나라는 사실에 묘한 희열을 느꼈다. 권력은 원래 휘둘러야 생명을 유지한다고 했던가. 나에게 부여된 힘을 인정하자 권력은 더 커졌다. 희열은 마약처럼 강렬하면서 중독성이 있었다.

곽 교수가 참으로 절묘한 시기에 절묘한 이유로 사라져줬다. 곽경식 교수는 이제 숭고한 순교자이며 선지자로 추앙받을 것이다. 모든 것이 우연을 가장한 필연인 것처럼 딱딱 맞아떨어졌다. 내 신념이 틀리지 않았다는 증거이기도 하다. 창희는 자신이 위대한 의무를 짊어졌음을 다시 한번 확신했다.

마지막 인간의 모순

관광객이 빠져나간 '에덴스피어'는 가동이 중단된 공장처럼 휘주근하다. 우재는 턱 아래에 맺힌 땀방울을 소매로 닦으며 천장을 올려봤다. 촘촘히 박힌 육각 유리들이 바깥의 어둠을 고스란히 통과시키고 있다. 한눈에 들어오지 않는 거대한 조형물이다. 하지만 우재에게는 그저 육각 무늬의 지루한 반복일 뿐이다.

식물계 전시장은 유난스레 덥고 습하다. 전시 목적이지만 과실수가 훨씬 많았다. 여기에서만큼은 활짝 핀 꽃보다는 주렁주렁 매달린 과실이 관상 가치가 더 높기 때문이다. 그런 과실수들이 일본 분재처럼 잘 다듬어져 나열되어 있다.

비슷하게 생긴 과실수 앞에 송이버섯같이 민둥한 인공물이 설치되어 있다. 이 배양기들은 뒤쪽에 심어진 과실수를 대표하는 간판이나 다름없다.

우재는 나직이 심호흡하며 출입구 쪽을 살펴봤다. 동물계 전시장 점검을 마친 야간조 직원들이 식물계 쪽으로 넘어오고 있다. 직원들은 전시용 배양기 커버를 개방시켜 과다 숙성된 열매를 수거했다. 커버를 여닫는 액추에이터 소리가 점점 가까워진다. 공연히 초조해진 우재가 몇 걸음 옮겨 배양기 유리 쪽으로 고개를 숙였다.

작은 토마토였다. 벌써 빨갛게 익었다. 작은 크기였지만 찍어낸 플라스틱같이 완벽했고 진열장의 막대사탕처럼 질서정연했다. 우재는 문득 채신을 떠올렸다. 에덴스피어 실험이 시작될 무렵, 그녀는 의심스럽도록 붉고 반듯한 사과를 아삭 깨물어 보였었다. TV에 비친 채신은 사랑스러웠고 생기가 넘쳤었다.

"출출해? 몇 개 따줘?"

낯익은 직원 하나가 아는 척을 한다. 우재는 손짓으로 라인이 샌다는 시늉을 했다. 강호석이 때마침 나오지 않았다면 물러터진 과일을 받아야 할 판이었다. 범생이 같은 백팩을 걸친 강호석은 늘 하던 대로 에덴스피어 입구 매점에서 아이스커피를 주문한다.

우재는 퇴근하는 강호석을 확인 후, 관람 통로를 빠르게 가로질렀다. 암호가 자동 생성되기 전에 복제한 연구소 직원카드를 활용해야 했다. 모스 연구소와 연결된 출입문에선 자신의 카드를 댔다. 지하 4층 기계실까지는 우재 카드로도 출입할 수 있다.

펌프실은 소음과 진동의 지옥이다. 우재는 대형펌프 앞에서

걸음을 멈췄다. 굉음을 질러대는 수십 대의 펌프가 갤리선에 갇혀 노를 젓는 노예 같다고 생각했다. 일렬로 늘어선 펌프들이 걸쭉한 배양액을 쏟아내기 위해 악을 쓴다. 토출 파이프를 흔들어대는 진동, 수백 마력 모터가 내뿜는 열기, 그 열기를 빼내기 위한 송풍기의 새된 소음까지 더해 펌프실은 그야말로 기계의 아비규환이다. 우재는 지독한 소음을 타 넘으며 외곽 배관과 연결된 철문을 열었다.

크고 작은 파이프들이 바닥처럼 연결된 통로였다. 점검을 위한 철제디딤판이 파이프 위에 설치되어 있긴 했다. 하지만, 자칫 한눈팔았다간 벽이나 천장을 뚫고 가로지른 파이프에 머리를 부딪치기 십상이었다. 배양액 구역을 벗어나자 다시 철문이 나오고 우재는 비밀번호를 눌렀다. 시간은 벌써 6시 40분을 넘어서고 있었다.

두 번째 철문이 열리고, 그곳에서 대기하고 있던 신태형을 만났다. 신태형은 50미터 정도 떨어진 생산동 기계실을 통해 우재가 미리 잠입시켜 놨었다. 태형은 생산동 라인의 좁은 통로를 거의 기다시피 이동하여 무르팍이 이미 먼지투성이다.

우재는 아무 말 없이 몸을 돌려 왔던 길을 다시 거슬러 가기 시작했다. 뒤따르는 태형이 랜턴을 비춰주니 이동하기가 한결 수월해졌다. 배관의 유지보수를 위해 만들어진 통로라 일정 거리마다 LED 등이 설치되어 있었다. 하지만, 수명이 다해 꺼진 등이 의외로 많다. 이런 어둑한 통로가 모스 연구소 기계실까지 연결되어 있다. CCTV를 피해서 모스 연구소까지 잠입할 수 있는 최상의 경로였다. 다소 불편한 것은 구획마다 철문이 달려있다는 것이고, 다행인 것은 모든 철문 비밀번호가 같다는 것이다. 배양 담당 직원이라면 모두 아는 공공연한 비밀이다.

우재가 처음 들어왔던 철문을 지나쳐 모스 배양구역에 들어서자마자 가로지른 주철관에 머리를 부딪쳐 신태형이 넘어졌다. 비틀거리긴 했지만 크게 다친 것 같지는 않았다.

"여기서 좀 쉬죠."

다행히 10미터 앞의 계단을 올라 철문만 열면 연구소와 연결된 모스 배양구역 기계실이다. 신태형은 숨을 고르며 500mm 파이프에 걸터앉았다. 매고 있던 백팩에서 물통을 꺼내는데 손을 덜덜 떨고 있다. 태형은 자기 손가락을 눈앞으로 올려 보더니 어색하게 웃었다.

"쉽지 않네요."

같이 웃어주려던 우재는 생각대로 퍼지지 않는 얼굴을 한 손으로 비볐다. 신태형이, 아니, 우리가 양 소장을 죽일 수 있을까? 어제만 해도 그럭저럭해낼 수 있을 것 같았다. 잠입하는 경로를 되새기며 양 소장 죽이는 장면을 그려봤었다. 솔직히, 실감이 나지 않았다. 그저 영화의 한 장면을 떠올린 느낌이었다. 그런데, 지금은 생생한 현실이다. 이제 겨우 출발지점에 섰는데 우재 손끝도 덜덜 떨렸다.

태형은 백팩에서 흰색 가운을 꺼내 입으며 말했다.

"여기서부터 혼자 움직이겠습니다."

"나가면 지하 3층 기계실인데, 가운 입은 사람이 있으면 수상하게 보지 않겠어요? 배양구역까지는 제가……."

"기계실만 벗어나면 연구소 내부는 제가 더 잘 알아요. 함께 있으면 오히려 더 이상하게 볼 겁니다."

우재가 심호흡을 크게 하고 철문을 열었다. 육중한 소음이 기다렸다는 듯이 밀려온다. 우재가 펌프 라인까지 걸어가 기계실 안에 아무도 없음을 확인했다. 태형은 우재에게 고개를 끄덕여 주고는 기계실을 나선다. 굉음을 울리는 펌프들을 유심히 둘러보며 우재는 이마에 맺힌 땀을 닦아냈다.

지상 2층부터 시작되는 모스 배양구역은 비상계단으로 출입할 수가 없다. 엘리베이터와 바로 연결된 별도 검색대를 통과해야 한다. 태형은 인식기에 우재에게 받은 카드를 조심스럽게 갖다 댔다. 우재가 강호석 카드를 복제한 것이다. 어렵게 구한 복제카드가 무용지물일까 불안하다. 다행히 파란불이 켜지며 잠금장치 풀리는 소리가 난다. 검색대를 통과하자 탈의실과 클린룸은 저절로 개방되었다.

멸균 증기 쬐고, 방진복을 착용한 태형은 마스크까지 꼈다. 그를 눈여겨보는 사람은 아무도 없다. 모스 배양장을 태연하게 걸으며 주위를 둘러봤다. 건너편 화물 승강기까지 흔적 없이 갈 수 있다면 CCTV는 걱정하지 않아도 된다. 8층, 특히, 양 소장 개인 실험실이 있는 8E11 구역엔 보안카메라가 아예 없다.

8층 전 구역에 보안카메라가 설치되었다는 사실을 알게 된 양 소장이 불같이 화를 냈다고 한다. 요즘에 누가 CCTV 같은 거 설치하나? 기계마다 센서 부착되어 있고, 그걸 받아서 프로그램이 척척 해결하는 세상인데, 사물을 일일이 찍어서 눈으로 확인해야 하겠어? 한마디로, 자신의 개인 실험실 주변에 카메라 따위는 설치하지 말라는 요구였다. 당연히, 양 소장이 머무르는 구역엔 CCTV가 전부 철거되었다.

톡소바이오틱스라는 명판이 붙은 구획을 지나칠 즈음에 슬쩍 시간을 확인했다. 7시 15분. 교대한 야간 조의 느른한 분위기가 퍼져있어야 할 시간인데 분위기가 심상찮다. 비정상 운전을 알리는 붉은 등이 점멸하고, 이내 누군가를 호출하는 구내방송이 울린다. 직원들은 어리둥절한 얼굴이더니 배양기 압력계를 확인하고서야 허둥지둥 움직이기 시작했다.

태형도 깜짝 놀라 주위를 둘러봤다. 우재가 펌프실에서 뭔가를 건드렸음이 분명하다. 우재가 기회를 봐서 잠깐 소란을 피우겠다는 말을 하긴 했었다. 만약에 성공하면 잠시 이목을 돌릴 수 있다고 했다. 그러면서, 되돌아올 때 이용할 다른 통로를 가르쳐 줬었다. 위험한 짓을 일부러 벌일 리 없으니, 우재를 믿을 수밖에 없다. 어쨌든 배양기 내부압력이 높아진 것은 분명해 보였다.

사무실 문 하나가 벌컥 열리며 직원 둘이 황급히 달려 나온다. 푯말을 보니 제어실이다. 태형도 다른 직원처럼 급한 시늉으로 제어실을 스쳐 지나가려 했다. 제어실 안에서 땅딸막한 직원이 전화에다가 소리치고 있다.

"아니, 설비팀에서 모르면 누가 안단 말이오? 하…… 미치겠네."

직원은 전화통화를 하면서 태형을 향해 뭐요? 하는 눈빛을 보낸다. 슬쩍 지나친다는 것이 눈이 딱 마주치고 말았다. 태형이 엉겁결에 대답했다.

"밸런스 깨지기 전에 유입 밸브부터 잠가야 해요."

배불뚝이가 전화를 던지듯 끊어버리고 벌떡 일어났다.

"아! 맞다. 밸브!"

비명처럼 소리치더니 장갑을 챙겨 들고 후다닥 뛰어나간다. 태형도 따라가는 척하다가 슬그머니 뒤돌아 화물 승강기에 올라탔다.

8층 화장실 점검구를 통해 천장에 올라가는 것은 생각보다 수월했다. 천장 트레이는 튼튼했고, 환기 덕트 연결 부위는 양 소장 개인 실험실 위치를 알려주는 좋은 이정표가 되었다. 개인 실험실에 딸린 화장실 점검구도 어렵지 않게 찾아냈다.

　예상치 못한 문제는 천장에서 실내를 엿볼 수 있는 틈이 하나도 없다는 사실이었다. 내부 동정을 정확히 알지 못하니 섣불리 내려갈 용기가 나지 않았다. 게다가 개인 실험실 내부가 생각보다 넓어서 양 소장이 어디에 있는지 확인하기도 어려웠다.

　태형은 점검구 덮개를 살짝 기울여 기척을 살폈다. 화장실 내부는 깜깜했다. 그나마, 누군가와 통화하는 소리, 그리고 콧노래 흥흥대는 소리가 들린다. 양 소장이 분명했다. 양 소장임을 확신하자마자 온몸에 소름이 돋고 심장까지 날뛰기 시작한다. 어떻게 해야 하나. 지금 양 소장 혼자 있을까? 머릿속으로 그렸던 수많은 계획을 다시 떠올렸다.

　화장실에 숨어 있다가 때마침 들어오는 양 소장을 덮친다. 양 소장은 억, 하는 소릴 내며 격렬히 저항한다. 칼로 찌르려 했지만 여의치 않고, 둘이 같이 바닥에 뒹군다. 온 힘을 다해 목을 조른다. 컥컥 숨넘어가는 소리를 낸다. 발버둥 치는 힘이 생각보다 강하다. 양 소장이 부릅뜬 눈으로 태형의 팔뚝을 긁어댄다. 아무리 힘을 줘도 끝까지 숨을 놓지 않는다. 상상만으로도 태형의 호흡이 가빠졌다.

　귀를 천장에 대고 동정을 살피던 태형은 붙였던 가슴을 슬쩍 들어 올렸다. 쿵쾅대는 심장박동을 누군가 알아챌까 봐 겁이 났다. 가빠진 숨소리마저 사방에 전달되어 울리는 느낌이다.

문이 쾅 닫히고, 자동걸쇠가 철컥 걸리는 소리가 난다. 그 소리가 무얼 의미하는지 이해하자마자 정신이 번쩍 든다. 숨을 멈추고 귀를 기울였다. 인기척이 없다. 서둘러 점검구를 열고 몸을 내렸다. 실험실엔 아무도 없었다.

배양기에 비치는 불그레한 LED 조명 덕분에 어렵잖게 실내를 구별할 수 있었다. 아무도 없는데 실험실 내부는 분주했다. 다이어프램펌프는 심장처럼 박동하고, 투명 원통 속의 교반기가 쉴 새 없이 휘젓고 있다. 배양액은 붉고 투명했다. 나열된 배양기들을 멍하게 쳐다보던 태형이 우재에게 전화를 걸었다.

"놓쳤어요."

휴대전화로 전해오는 우재 목소리가 다소 높아졌다. 같이 섞여오는 기계소음 때문인지도 모른다. 어떻게 된 상황인지 이유를 묻는데 태형은 얼른 대답할 자리를 찾지 못했다.

"그놈이 너무 일찍 나갔어요. 이런 경우는 진짜……."

안 나오는 말을 겨우 뱉어내고 마른 침을 삼켰다. 우재도 어처구니가 없는지 아무 말이 없다. 한동안 숨을 고르는 기색이더니 착 가라앉은 목소리가 들린다. 아무것도 건드리지 말고, 그냥 돌아오라는 주문이다. 잠시 머뭇거리던 태형은 고개를 저었다.

"아뇨. 대신에 모스를 죽일게요. 사큘리볼모나스……."

전화기 속의 우재가 다급하게 만류한다. 성급하게 판단하지 마라. 흔적 없이 되돌아온다면 다음에 또 기회를 노릴 수 있다.

배양기에 있는 모스를 죽여 봤자 양 소장이 다시 합성할 것이다.

"그럴지도 모르죠. 하지만, 우리가 정말 다시 기회를 잡을 수 있을까요? 그동안 그 더러운 짓은 계속되겠죠."

우재는 아무런 대답이 없고, 태형도 더는 묻지 않았다.

태형은 참참한 눈으로 실험실 안을 휘둘러봤다. 개인용이라 볼 수 없을 정도로 큰 실험실이 예전보다 더 복잡해졌다. 그래도 전체 구조는 크게 바뀌지 않았다. 우선은 컨트롤러부터 찾아 열었다. MC 컨트롤러는 합성 단백질 제재들을 자동 투입하는 시스템으로, 배양육 생산동에도 설치된 중요한 설비 중의 하나이다. 이 시스템을 조작하면 적어도 실험실 안에 있는 모스는 없애버릴 수 있을 것이다.

모니터 앞에 앉아 장갑 낀 두 손바닥을 실없이 문질렀다. 전원을 차단하면 즉시 비상벨이 울릴 것이다. 그렇다고 영양소를 차단하는 방법은 뭔가 충분치 않다. 양 소장이 돌아와 원상 복구시키면 헛수고가 될 수 있다. 한 번의 조작으로 확실히 죽여 버리고 싶은데, 그러기엔 정보가 부족했다.

곤혹스럽게 턱을 긁던 태형은 모두 섞어버리기로 한다. 이노시톨, 티로신, 키네이스, 레트로바이오…… 줄줄이 나열된 합성 제제 중에 붉은색으로 표시된 항목을 발견한 태형은 그것도 선택하여 클릭한다. 다음 단계로 넘어가자 투입 용량을 묻는 메시지 창이 뜬다.

"환장하겠네, 정말."

태형은 시간을 확인하고 최대용량으로 숫자를 누른다. 하나하나 클릭하고 용량을 지정하는데 손끝이 덜덜 떨린다. 양 소장이 뒤늦게 발견하고 펄쩍 뛸 것이다. 범인을 색출하려 달려들면, 아마도 무소불위의 국가조직까지 움직일 것이다. 그물망을 펼쳐 조사하다 보면 용의 선상에 자신이 오를 것이고, 허무하게 체포되겠지. 그렇다면 현지는? 태형은 비관적인 미래를 토막토막 떠올리며 메시지 창에 뜬 OK 버튼을 눌렀다. 모니터에 '투입중'이란 글이 깜박인다.

부족한 인간

〈Web발신〉

생명은 '가능성'이다. 바늘 끝에 앉은 한 마리 박테리아에게도 무한한 선택의 가능성이 있다. 이 모순적 가능성이 물리적 힘을 가지고 있다는 사실을 잊어서는 안 된다. 생명은 끊임없이 모순을 생산해내기 때문이다. 다시 말하지만, 생명은 태생적으로 모순이며 그 자체로 가치가 있는 것이다.

일찍이, 예언가 니체는 말했다.

"창조하는 신체가 자신의 의지가 부릴 손 하나로서 정신이란 것을 창조한 것이다."

　　　　　　　　　　　　　　　　　　－『위버멘쉬 해설서』 발췌. 곽경식 교수

　계란판 모양 배양 틀이 2중으로 겹쳐진 각막 배양기는 꽤 다루기 어려운 설비에 속했다. 기껏 배양한 배양 틀 한 통을 몽땅 폐

기해야 하는 경우도 심심찮게 생겼다. 그 심심찮은 날이 바로 오늘, 우재 손끝에서 몰아 터졌다는 게 문제였다.

담당하는 다섯 개 배양 틀 중에서 무려 50% 이상 불량을 통보받은 우재는 배양 실장 호출에, 덤으로 고영태 팀장의 걸쭉한 질책을 묵묵히 받아냈다. 그나마 두 시 경에 열린 긴급회의 때문에 그 정도로 넘어간 것이다. 생산동 전체에 모스 연구소 양승호 소장 사망 소식이 퍼진 것은 오후 세 시 경이었다. 그땐 이미 바이에덴사 전체가 발칵 뒤집혀 있었다.

우재로선 깜짝 놀랄 정도가 아니라, 머리를 얻어맞은 충격이었다. 물론, 큰 소란을 예상은 하고 있었다. 양 소장 개인 실험실 모스가 몽땅 죽어 버렸고, 그 책임을 물어 설비담당뿐만 아니라 연구소 전체 직원까지 때려잡고 있다는 소식을 은근히 기다리고 있었다. 그런데, 전혀 생각지도 못한 사건이 우재를 혼란스럽게 했다.

호텔에서 살해되었다고? 누구에게? 한편으로, 통쾌하기 짝이 없는 일이다. 바란 대로 놈이 죽었고, 그놈 실험실 망가뜨린 일도 묻혀버릴지 모른다. 뒤죽박죽 뒤섞인 생각들에 팀장 질책도 귀에 들어오지 않았다.

차성현 대리는 실컷 혼나고 들어온 우재 엉덩이를 툭툭 쳐준다. 안쓰럽다는 표정인데 말본새는 여전히 눈치가 없다.

"아이고, 달걀 세 판을 한 번에 엎어버렸네. 한 판에 돈이 얼마짜리야?"

우재는 뜨악한 눈으로 입사 동기를 노려보고, 차 대리는 물색없이 낄낄거린다.

"야, 야, 그거 봤냐?"

우재는 대꾸 없이 손을 휘저었다. 지금, 말 상대할 기분이 아니라는 시늉이었는데, 차 대리는 우재 곁에 바싹 붙어 선다. 새우 눈을 한 차 대리는 대단한 비밀을 알려줄 태세로 입을 우재 귀에 가까이 댔다. 고개를 외로 꼬고 있던 우재도 잠자코 있다. 차 대리가 헉, 하고 뜨거운 숨결을 귓속에 불어준다. 펄쩍 놀란 우재가 또 당했다는 표정으로 차 대리를 노려봤다. 차 대리는 허리를 쥐고 자지러진다. 뱃살을 출렁이며 웃어대는 장난에 결국 우재도 허벅허벅 웃음을 보였다. 피곤하고 기괴해 보이는 웃음이다. 차 대리는 그제야 말머리를 새로 했다.

"양승호 소장 죽인 범인이 SNS에 올린 글 봤냐? 기가 막힌다."

양승호 소장이 죽었다는 소식을 우재도 불과 한 시간 전에 들었다.

"범인이 글을 올렸다고?"

"SNS에 올리고 자살했대. 진실을 밝혀야 한다면서 말이야. 야하, 나도 놀랐다."

모스 연구소 양승호 소장이 해운대 호텔에서 변사체로 발견된 것은 오늘 정오 무렵이었다. 수십 군데 칼에 찔린 시신을 종업원이 발견했다고 한다. 양승호 소장 피살사건은 기자들의 좋은 먹 잇감이었다. 유명한 대기업 중역이 나체로, 그것도 신체 일부가 잘려나간 시체로 발견된 것 자체가 흥밋거리였다.

저급한 인터넷 뉴스에는 그 잘린 신체가 성기였음을 노골적으로 표현했다. 얼굴을 교묘하게 가린 또 다른 여자가 객실로 들어가는 장면이 CCTV에 찍혔다는 사실도 특종인 것처럼 떠들어댄다. 하지만 그들의 관심은 객실 벽면에 핏물로 남긴 글귀였다. '나는 한 마리 짐승을 죽였다.' 이 무시무시한 글을 토막 난 성기로 썼을 거라는 추측기사까지 더해지자, 바이에덴사 직원들은 둘만 모이면 쑥덕거렸다. 평판이 워낙에 나쁜데다가, 죽음마저 추접스러웠으니 온갖 더러운 이야기가 꼬리를 물었다.

"내가 보여줄게."

"됐어. 나 배양기 멸균 신청해야 해."

"짜식, 바쁜 척하기는, 저도 궁금하면서…….."

차 대리는 마우스를 뺏더니 제멋대로 인터넷을 열고 블로그 하나를 선택해 클릭한다. 새로운 창이 뜨고 화면 가득 글자가 펼쳐졌다. 두 페이지 분량의 글이었다. 고현지라는 이름에, 제목은 '죽음을 선언하며' 라고 되어있었다.

고현지? 머리털이 쭈뼛 일어섰다. 우재는 차 대리 손에서 마우스를 빼내 직접 스크롤을 내렸다.

'사람의 인간성을 말살시킨 모스 연구소 양승호 소장. 그는 모스를 감염시켜 숱한 여자들을 농락했습니다. 유부녀나 약혼자가 있는 여자에게까지 손을 뻗어, 그 모든 것을 파멸시켰습니다.'

"그 새끼, 원래 나쁜 놈인 줄은 알았는데, 진짜 나쁜 놈이더라고."

우재 뒤통수에서 짓씹는 차 대리 목소리가 들린다. 부릅뜬 눈동자가 문장 행렬을 따라 움직이고, 한 줄씩 내려갈수록 우재 얼굴이 굳어졌다.

'양승호는 직접 합성한 모스를 여자들에게 감염시켰습니다. 그 모스는 숙주가 된 인간을 지배하고 조종합니다. 후각 기능이 달라지고 끊임없이 상대 호르몬을 찾게 만듭니다. 짝짓기할 배우자의 냄새. 숙주가 된 사람의 머릿속에는 오로지 냄새만 남게 됩니다.

그놈은 자신의 몸에 암컷 호르몬을 발라 여자들을 불러들였습니다. 감염된 여자는 불나방이 되었습니다. 파멸될 것을 명백히 알고 있으면서, 파멸을 향해 달려가야 하는 고통을 이해할 수 있겠습니까? 당신은, 세상에 없을 갈망에 온몸을 떨고, 그 갈망에 속절없이 굴복하는 자신을 똑똑히 기억하며 살아갈 수 있겠습니까?'

우재는 잠시 글 읽기를 멈추고 심호흡을 했다. 슬그머니 목덜미를 쓸어 돋아난 소름을 감췄다. 그렇다면 바로 어저께, 고현지가 양승호 소장을 만났다는 말이 아닌가. 아니, 어떻게 일이 이렇게 꼬일 수가 있나.

고현지는 글의 끝부분에 양승호를 죽일 수밖에 없었던 이유를 밝혔다.

'숱한 여자들이 그 악마에 의해 부서졌습니다. 어떤 여자는 풀잎처럼 눕고, 어떤 여자는 죄 없는 자신을 단죄했습니다. 저는 모스에 대해 잘 알고 있던 어떤 사람 덕분에 저를 삼켰던 욕망이 내 것이 아니었다는 사실을 알게 되었습니다. 하지만, 진실을 모르는 피해자는 언제까지나 자신을 학대할 것입니다. 이 모든 참극을 멈출 수 있는 사람은 결국 저밖에 없다는 것을 알았습니다. 저는 이제, 자유로워질 것입니다.

여러분께 다시 한번 당부합니다. 만약에, 만약에 말입니다. 두렵고 낯선 욕망과 대면하게 된다면, 부디 잘 살펴보시기 바랍니다. 그 욕망이 진짜 내 것인지, 아니면 내 안에 도사리고 있는…… 내가 아닌 뭔가의 욕망이 아닌지 자세히 살펴보시기 바랍니다.'

거칠어진 숨을 가까스로 고른 우재는 두 손을 모아 얼굴을 비볐다. 달아오른 이마에는 식은땀까지 배어 있다. 어처구니없고 기가 막힐 뿐이다. 한 시간, 아니 삼십 분이라도 더 일찍 도착했더라면,

226

고현지가 죽지 않았을 것이다. 가슴이 미어터질 것 같다.

"야. 어디가? 충격 먹었냐?"

"갑자기 몸이 안 좋아…… 팀장한데 말 좀 해줘."

손으로 얼굴을 비벼대던 우재가 먹히지 않을 변명을 던지며 훌쩍 자리를 떴다.

신태형에게 전화를 걸었다. 태형은 분노 그 자체였다. 그 분노의 대상은 바로 자신이었다. 한 시간…… 삼십 분이라도 더 빨리 움직였더라면…… 아니, 망설이지 않고 그놈을 죽였더라면……. 난 어제, 현지를 농락하러 가는 놈을 그냥 멀거니 지켜봤어. 난…… 난…… 미처 말을 끝내지 못하는 태형의 목소리는 절규에 가까웠다.

우재는 어떤 위로도 건네지 못했다. 그저 미안하고, 면목이 없을 뿐이었다. 무엇보다, 자신이 뭔가 결여된 인간임을 인정할 수밖에 없었다. 늘 미진하고, 불확실한 인간이었다. 어떤 이의 죽음에는 슬퍼하고 또 누군가의 죽음엔 통쾌해했다. 사랑한다고 말하면서 또 누군가를 증오하고 죽이려 했다. 순수함과는 거리가 먼 모순덩어리였다. 우재는 미안하다는 말을 끝으로 전화를 끊었다.

선거는 거의 막바지였다. 보라색 어깨띠를 걸친 선거운동원들이 유세차량 주변에 늘어서 있다. 음악은 경쾌했다. 남녀 구분 없이 드러낸 민머리가 스피커에서 흘러나온 리듬에 따라 출렁출렁

흔들렸다. 들썩이는 피켓에 쓰인 '창조연합'이라는 글자만으로도 이창희 후보 유세라는 걸 짐작할 수 있다.

무소속으로 출마한 이창희는 이번 보궐선거로 창조연합의 교두보를 확보할 것이라 단언했다. 인터뷰에 응하는 이창희는 이미 당선된 것처럼 자신만만했다. 창조연합이라는 거대한 단체의 영향력을 생각한다면 그럴 만도 했다. 어떤 정치평론가는 그가 무소속으로 출마한 이유를 곰곰이 따져봐야 한다고 말하기도 했다. 진흙탕 같은 공천 싸움도 부담이겠지만, 신당 창당을 염두에 둔 선택일 수도 있다는 추측을 내놓기도 했다. 이창희는 이미 권력을 가진 유명인이었다.

우재는 빠른 걸음으로 걸어가며 두리번거렸다. 선거운동원들 사이에 채신이 있을 텐데 얼른 눈에 띄지 않는다. 당분간 못 만난다고 했지만, 보고 싶은 마음을 도저히 참을 수 없었다. 딴엔, 채신을 깜짝 놀라게 해줄 속셈도 있었다. 운동원에게 물어볼까 싶은 참에 휴대전화가 울렸다. 채신이었다.

"오빠? 어디예요?"

"서면 유세장."

"어마! 거긴 왜요?"

"너 보려고 왔지. 오빠 돕는다고 했잖아?"

전화에서 잠시 말이 없더니, 금방 밝은 음성이 들려왔다.

"아이참. 오늘은 유세장 안 갔어요. 난 지금 오빠 집으로 가는

228

중인데……."

오랜만에 들어보는 목소리에 우재 목소리도 커졌다.

"좀만 기다려. 내 금방 갈게."

"아네요. 제가 갈게요. 오늘 차를 가지고 나왔거든요."

전화를 끊은 우재 얼굴이 순식간에 화사해지고 설핏 홍조까지 드리워진다. 차가 막히지 않아야 할 텐데. 공연히 도로 쪽을 넘겨보며 승용차가 정차할 수 있는 곳까지 걷기 시작했다.

보라색 티를 입은 청년들 앞을 지나치다가 피식 웃음을 흘린다. 모두가 비슷했다. 머리카락도 없고 상의마저 똑같으니 남자인지 여자인지 헷갈릴 지경이다. 덩치가 크면 남자려니 한 것이 그나마 얼추 맞기는 했다.

오히려 눈에 띄는 건 머리카락이다. 새카만 머리카락을 단정하게 빗은 아저씨가 샌드위치 보드를 둘러매고 서 있다. 아니, 완전히 새카맣지는 않고 흰머리가 듬성한 중년 아저씨다. 선거운동하는 사람들과 길 하나를 두고 빤히 마주 보는 곳이었다. 옷차림은 말쑥한데, 이런 곳에서 1인 시위라니. 어떤 시위인지 대략 짐작은 된다.

혼자 서있는 모습만으로도 뭔가 힘을 보태주고 싶은 마음이 생긴다. 하지만 요즘 같은 분위기에 함부로 나섰다가 무슨 봉변을 당할지 모른다. 더구나 창조연합 유세현장 앞에서 1인 시위라니. 용기는 그렇다 치고, 아슬아슬하게 느껴지는 건 어쩔 수 없다.

가까이 다가가자 아저씨 눈동자가 우재에게로 향했다. 서로의 머리카락에 시선이 교차하고, 연이어 두 눈이 마주친다. 아저씨 눈매가 살짝 누그러진다. 마치, 뜻을 같이하는 동지를 만난 표정이다. 우재가 머쓱하게 웃으며 남자가 걸친 보드를 읽었다.

'21세기에 사람차별이 웬 말이냐? 사람을 모스라 부르는 광기가 진화인가?'

눈으로 읽으려던 보드 내용이 갑자기 소리로 터져 나왔다. 보드를 걸친 아저씨 목소리였다. 얌전히 서 있기만 했던 그가 갑자기 소리친 이유를 알 수 없지만, 사람들 시선이 이쪽으로 쏠린 것은 확연히 느낄 수 있다.

아저씨는 우재를 흘낏 쳐다보더니 연이어 소리쳤다.

"사람을 차별하는 자가 국회의원이 웬 말인가. 이창희는 사퇴하라. 이창희는 사퇴하라."

우려했던 일이 어김없이 일어났다. 유세장에 서서 구경하던 사람들이 술렁거리더니 그중 몇몇이 이쪽을 향해 걸어왔다. 선거 구호에 맞춰 열렬히 호응해주던 민머리 청년들이었다.

"그래 평등하겠지. 너희 모스끼리는…… 근데, 모스랑 위버멘쉬랑 같을 수가 있나?"

대뜸 뱉어내는 말부터 험악했다. 말은 험악하기 짝이 없는데 입술은 웃고 있었다. 그러나 이상한 광채를 담고 있던 눈이 곧 날 건달로 바뀔 징후로 반쯤 찌그러졌다. 억울한 것은 그들 시선이 우재를 향했다는 것이다.

머릿속에선 모른 척, 자리를 피하라고 재촉하고 있었다. 그런데 몸이 제멋대로였다. 오해였든 뭐든, 지금 그들이 경멸하고 있는 대상은 바로 자신이었다.

"머리카락만 없으면 개나 소나 위버멘쉬지. 도둑놈도 위버멘쉬. 건달도 위버멘쉬."

툭 건드리면 터지는 씨앗처럼 저절로 튀어나온 말이었다. 뱉고 보니 심장 언저리에서 수증기가 새어 나오고, 손끝이 저릿저릿 저린다. 청년 중 하나가 하? 하는 소릴 내더니 이를 허옇게 드러냈다.

"이 새끼가 미쳤나?"

덩치는 작지만, 몸피가 단단한 놈이었다. 청년은 제 주위로 슬금슬금 모여드는 일행을 확인하고 더욱 환하게 이빨을 드러냈다. 입술을 늘여 웃음을 내보이고 있지만 이제 곧 목덜미를 물어뜯을 눈빛이다.

우재는 가슴에 통증을 느꼈다. 누가 미쳤단 말인가. 다들 왜 이리도 화가 났을까. 우월한 인간에게 감히 대들어서? 더 나은 인간이라 진심으로 믿고 있는 것일까. 그래서 열등한 인간에게 멸시와 모욕을 휘둘러 마땅하다고 생각하는 건가.

그렇게 되묻고 싶은 질문들을 삼켰다. 삼킨 우재 목젖이 아래위로 꿀렁인다. 꿈틀거림은 오히려 두려움의 신호로 보였다. 청년은 초식동물을 앞에 둔 짐승처럼 으르렁댔다.

"억울하지? 니가 불행한 건 다 남 탓이니까. 그렇지? 할 줄 아는 건 질투하고 불평하는 것밖에 없잖아. 너희가 정의로운 피해자라고 외치면서 말이야. 정말 구역질 나는 종자들이야."

청년 주위로 사람들이 더 모여든다. 누군가가 샌드위치 보드를 쳤는지 통, 하는 소리가 난다. 자세를 바로잡은 아저씨는 물러서지 않고 더 크게 소리쳤다.

"모든 인간은 평등하다. 창조연합은 인간을 차별하는 행위를 중지하라."

샌드위치 보드를 걸었던 어깨끈이 떨어지고, 보드는 누군가의 발에 밟혔다. 아저씨는 뒷걸음질 치고 있었다. 청년 손바닥이 아저씨 가슴을 억세게 밀치고, 그때마다 아저씨는 넘어질 듯 비틀거린다.

누군가가 우재 가슴도 밀쳤다. 우재가 가슴을 내밀어 버티자 눈을 돌린 청년이 사람들에게 소리쳤다.

"이 새끼 교회에서 나온 놈 같은데?"

외침과 동시에 둘러싸고 있던 누군가의 발길질이 날아왔다. 첫 발길질을 시작으로 사방에서 발과 주먹이 들어온다. 우재는 얼굴을 가리고 허리를 숙였다. 충격이 올 때마다 인내의 균열이 벌어졌고 결국, 눌러놨던 덩어리가 폭발하고 말았다.

우재의 주먹이 아래에서 솟구쳤다. 그 끝에 묵직한 살덩이가 부딪친다. 팔꿈치를 젖히자 허리를 붙잡고 있던 누군가의 얼굴이 튕겨 나갔다. 다시 여러 명이 달려들고 우재는 그에 맞서 주먹을 날렸다.

단단한 주먹이 우재 얼굴에도 부딪혔다. 아픔보다는 얼굴을 덮고 있던 납덩이가 쩡쩡 깨어져 나가는 기분이다. 때려서 후련했고, 맞아도 후련했다. 두어 명이 엎어진 채로 코피를 흘리고, 저만치에서 또 몇 명이 우르르 달려온다.

"이게 무슨 짓들이야?"

우르르 달려 나온 사람 중에 이창희가 있었다. 창희는 피투성이가 된 우재를 당장 알아보지는 못했다. 대신, 뒤늦게 도로 쪽에서 달려온 채신이 비명을 질렀다.

"오빠!"

오빠라는 외침에 우재와 창희가 동시에 돌아봤다. 창희는 얼굴을 찌푸리고 우재는 터진 입술을 늘어 웃는다. 창희가 어찌 된 일이냐고 다그치자 코피를 흘리던 청년이 자랑스러운 얼굴로 떠들어낸다. 채신은 안 들어도 알겠다는 표정으로 우재를 부축했다.

창희는 그제야 어리둥절한 표정을 짓는다. 싸늘한 얼굴로 우재 팔을 끌고 돌아서는 채신을 향해 창희가 소리쳤다.

"야! 어디가?"

우재를 태운 차에 시동이 걸리자마자 우재가 깜짝 놀라 묻는다.

"어? 채신아. 손이 왜 그래?

운전대를 잡은 왼손에 붕대가 감겨 있었다. 채신은 아무렇지 않다는 듯이 과장되게 손바닥을 펼쳐 보이고는 다시 운전대를 잡았다. 채신을 꼼꼼히 살펴보던 우재의 눈이 휘둥그레졌다가 이내 질끈 감겼다. 오른쪽 손가락에도 작은 반창고가 감겨 있고, 목 언저리엔 시퍼런 멍도 보였다.

우재를 태운 차가 시내를 벗어나도록 두 사람은 아무 말이 없다. 채신도 어디를 정하고 운전하는 것 같지 않았다. 승용차가 시외 국도에 진입할 무렵에야 채신이 입을 열었다.

"아. 비 온다."

앞 유리창에 한두 방울 맺히던 물방울이 사선을 그리며 주르르 올라간다. 멍하니 앞만 쳐다보던 우재가 처음으로 입을 열었다.

"왜 그랬어? 너까지 나설 필요는 없었잖아?"

채신의 대답이 금방 이어졌다.

"그럼, 누가 나서야 했을까요?"

잠시 침묵이 흐르고, 천장에 부딪히는 빗소리, 그리고 규칙적으로 돌아가는 와이퍼 소리만 가득하다.

"우린 다 모순덩어리예요. 오빠도 양 소장 죽이려 했잖아요."

우재가 흠칫 놀라 채신을 쳐다봤다. 여전히 앞을 보고 있지만, 입술은 살짝 벌어져 있었다.

"오빠, 날 위해 그런 결심을 한 거잖아요. 맞잖아요?"

우재는 대답할 말을 찾지 못해 우물거리고, 채신은 오디오 버튼을 눌러 음악을 켰다. 스피커에서 오래된 팝송이 흘러나왔다.

"아. 이 노래 좋아."

몇 소절을 따라 부르던 채신이 문득 생각난 듯이 말했다.

"경찰이 곧 절 찾아올 거예요."

우재가 피 묻은 제 주먹을 내려 보며 말했다.

"나한테도 찾아올 것 같은데? 경찰도 그렇고…… 또 네 오빠가 날 그냥 두겠냐?"

채신이 소리 내어 웃었다.

"우린 선을 넘은 사람들이네요."

"포크를 버리고 칼을 쥐었으니까."

우재도 덩달아 웃었다. 한동안 웃어대던 두 시선이 잠깐 엉키더니 웃음도 서서히 잦아든다. 우재는 시선을 아주 느리게 돌리며 말했다.

"우리 이제부터 서로 마주 보지 말고 저쪽을 보자."

"어디를요?"

"저기 앞쪽."

우재는 도로 끝을 덮고 있는 짙은 구름을 가리켰다. 지평선쯤인 그 너머엔 뭐가 있는지 보이지도 않았다. 고개를 갸웃대며 먼 곳에 시선을 던지던 채신이 돌연 우재에게 되물었다.

"요즘에 제가 생각한 게 있는데, 뭔지 알아요?"

우재가 짐짓 궁금하다는 표정으로 눈썹을 올리자, 채신은 뭔가 재미있는 일을 떠올린 듯 눈을 깜박였다.

"오빠도 알다시피 근래에 많은 일이 있었잖아요. 저는 그 속에서 아주 녹아내렸었죠. 허우적대고, 쿵쿵대고, 미친 듯 찾아다니고, 또 뭔가에 빼앗기듯 내 몸이 바뀌고…… 그런 저 자신을 보면서 곰곰이 생각해봤거든요. 사람은요…… 그러니까 사람은 원래부터 자신에게 없는 뭔가를 찾아 헤매는 족속이었어요. 원래부터…… 평생을요."

우재가 놀란 눈으로 채신을 쳐다봤다. 우재의 시선을 느꼈는지 어둑한 전방에 눈을 두고 있던 채신이 설핏 웃었다.

"저만 그런 줄 알았는데, 아니었어요. 율 오빠도 그랬고, 우재 오빠도 그렇고, 사람들 전부 다……."

우재는 울컥하고 치솟는 것에 쿵하고 코를 빨아들였다. 막혔던 혈관이 갑자기 뚫린 것처럼, 짜르르한 전율과 함께 말할 수 없이 뜨거운 감정이 그를 휘감았다. 이 세상에 이채신이라는 단 한 명의 여자만 광채를 발하며 앉아있는 느낌이다. 우재는 공연히 목소리를 높였다.

"그러니까 좀 전에 함께 앞을 보자고 한 내 말의 뜻은……."

채신도 명랑하게 목소리를 바꿔 우재 어투를 따라 한다.

"그러니까 오빠가 한 말의 뜻은?"

"우리 결혼하자고."

채신은 어깨를 으쓱 올리고는 자동차를 국도 옆에 정차시켰다. 마음을 진정시키겠다는 시늉으로 크게 심호흡도 한다.

"지금요?"

"응."

우재의 대답과 동시에 채신이 룸미러를 젖혀본다. 거울을 통해 눈동자를 이리저리 굴리던 채신이 눈을 새우처럼 구부리며 웃었다.

"이 얼굴로 결혼사진 찍으면 진짜 볼만하겠다."

"역사적인 사진으로 남을 거야."

"정말요?"

"우리가 최초의 인간이 될지도 모르잖아."

"아담과 이브처럼?"

"그래. 호모 위버멘쉬처럼……."

우재는 채신의 눈을 응시하고, 채신도 우재를 응시했다. 그러다가 다시 전방으로 시선을 돌렸다.

채신이 가속페달을 밟았다. 차 안의 스피커에서는 오래된 팝송이 흘러나오고, 자동차가 지나간 도로에는 금방 생긴 바퀴 자국이 선명했다. 본격적으로 비가 쏟아지기 시작한다. 바퀴 자국은 이내 지워졌다.

호모위버멘쉬

초판 1쇄 인쇄일 • 2023년 11월 25일
초판 1쇄 발행일 • 2023년 11월 30일

지은이 • 신호철
펴낸이 • 임성규
펴낸곳 • 문이당

등록 • 1988. 11. 5. 제 1-832호
주소 • 서울시 성북구 동소문로 65-2 삼송빌딩 5층
전화 • 928-8741~3(영) 927-4990~2(편)
팩스 • 925-5406

ⓒ 신호철, 2023

전자우편 munidang88@naver.com

ISBN 978-89-7456-579-4 03810

이 책은 경남문화예술진흥원의 문화예술지원을 보조받아 발간 되었습니다.